邓一光南方短小说
Deng Yiguang's
Southern Short Fictions

VI

带你们去看灯光秀

Let's Embark on a Journey
to the Dazzling Light Show

邓一光 著

南方传媒 花城出版社
中国·广州

图书在版编目（CIP）数据

带你们去看灯光秀 / 邓一光著. -- 广州：花城出版社, 2025.6. --（邓一光南方短小说）. -- ISBN 978-7-5749-0514-6

Ⅰ. I247.7

中国国家版本馆CIP数据核字第2025YL1467号

带你们去看灯光秀
DAI NIMEN QU KAN DENGGUANG XIU

邓一光/著

出版人	张 懿
责任编辑	林 菁　杨柳青　李 卉
技术编辑	凌春梅
装帧设计	韩湛宁+亚洲铜设计
肖像摄影	吴忠平
封面摄影	韩子墨
出版发行	花城出版社
经　　销	全国新华书店
印　　刷	深圳市福圣印刷有限公司
开　　本	787毫米×1092毫米　32开
印　　张	7
字　　数	130,000字
版　　次	2025年6月第1版　2025年6月第1次印刷
定　　价	398.00元（全7册）

版权所有·侵权必究。如发现印装质量问题，请与出版社联系。
联系电话：020-37604658　37602954

I
第一爆

II
我们叫作家乡的地方

III
香蜜湖漏了

IV
你可以让百合生长

V
抱抱那些爱你的人

VI
带你们去看灯光秀

VII
我在红树林想到的事情

VI

带你们
去看灯光秀

**Let's Embark on a Journey
to the Dazzling Light Show**

目录
contents

宝贝,我们去北大
001

离市民中心二百米
025

万象城不知道钱的命运
051

敏感的心都很脆弱
079

一步之遥
091

坐着坐着天就黑了
101

带你们去看灯光秀
193

宝贝，我们去北大

傅小丽一直在咳嗽。早上起来她就咳个不停。王川摸她额头。他第二次摸她的时候有些紧张。

"我没什么。"傅小丽说,继续咳。

"有什么。"王川坚持说。

"我很好。"傅小丽强调。

"你本来很好。"王川纠正她。

王川去厨房倒水,杯口没对准,被烫了一下。后来他想不用倒。傅小丽在不停地喝水,她早上起来喝了好几杯。她昨晚也起来喝了水。王川睡在床外侧,累得动弹不了,迷迷糊糊睁眼看了傅小丽一下。她从他身上爬过去,咳着下床去倒水,他又闭眼睡了。

王川昨晚加班。一辆醉驾的2003年款道奇"战斧"撞上了护栏,"战斧"主人的母亲掏出一张支票,非要儿子早上酒醒后能见到完美的座驾。王川和三个徒弟干到半夜,试图把那辆身价55万美元因此傲慢的四轮单座概念车弄醒。他们等4S店送检测仪过来,一边谈论那个年轻的母亲。

"她很漂亮。"王川的一个徒弟说。

"女人都漂亮。"王川的另一个徒弟说。

"她不像妈。看上去她和那个醉鬼年龄差不多。"王川的第三个徒弟说。

"这还不容易,去一趟韩国呗。"王川的第一个徒弟说。

"你以为21世纪就没有繁漪①了？深圳盛产。"王川的第三个徒弟说。

王川想，她下床找水的时候他怎么没醒来？他真是混账。

王川决定今天不让傅小丽吃开水泡饭。通常这是他们的早餐。头一天晚上多煮一些，早上起来用开水泡开，就着虾杂面酱。有一段时间他们的早餐是面包片。还有一段时间他给她煎火腿蛋，加一大杯"蒙牛"牌高钙奶，用微波炉煮沸。自从物价上涨以后，他们调整了早餐品种。必须紧缩开支。他们要养三个老人，两个读书的弟妹。他们还要存钱买房，还要为宝宝攒教育费。

王川三十八，傅小丽三十五，他们应该有个宝宝了。

冰箱里有一小把蔫了的水芹，两只干馒头，半碗吃剩的土豆烧肉，一大袋芥菜头。前天下班王川遇上好事，有人甩卖芥菜头，一块钱一斤，比平时少两毛。王川脑子一热，全买下了，二十多斤，泡了一大缸，剩下的泡菜缸装不下，放进冰箱。反正冰箱不能空着。

王川从冰箱里取出一只鸡蛋，在微波炉里煎好。傅小丽脱下穿好的静电工装，在里面加了一件毛衣，再穿上工装。王川把煎好的蛋端到傅小丽手上。他在厨房里

---

① 曹禺话剧《雷雨》中的角色，与丈夫前配偶的儿子有染。

的时候她一直在咳,没有停下来。

"宝贝,我们去北大。"王川说。

"不去。我不想去。"傅小丽说,伸一下脖子,咽回一串咳嗽。

"得去。"他坚持。

"过年才几天,我刚升岗。你让我怎么办哪?"她有些烦躁。她的确才升岗,从货管员升到拉长,虽说回到了流水拉上,但升了一个半岗。

"打电话,"他停顿了一下,提到她那个流水拉的行政主管,"给周立平请假,说你咳嗽,停不下来。"

"如果丢了岗,退回去当焊点工,我们会少三百块。"她威胁地提醒他。

他沉默了一会儿,有些为难。电子厂分工严密,上一个等级要等三到五年。但她不可能退到焊点工去,最多退回到货管员。他很快做出决定。

"少就少吧,你不止三百块。我们去北大。"他说。

她不再犟,眼圈红了一会儿。他对她太好了。他对她一直好。

"北大"不是北京大学,是"北大医院"。"北大医院"不是北京大学医院,是北京大学医院在深圳办的一家医院。它就是这么个名字,深圳人都这么叫,"北大""北大"的。所以,在北大——深圳的北大——你看不见戴着黑框眼镜的莘莘学子,也看不见吊着巨大眼袋的教授，你只能看到衣着不堪面有忧色的病人，还有粉红色衣裳和粉红色脸蛋的导医小姐。

王川带傅小丽去了北大。出门前他给徒弟打电话，问发动机测试的情况。

"小家伙咆哮着想冲出马厩！"徒弟兴奋地在电话那头说。

"不然叫'战斧'？不能白叫。"他叮嘱徒弟，"发动机仔细检查一下，我会尽快赶回店里。"

他们到晚了，八点钟才排队拿号。号拿到117，上午肯定看不成。王川怕错过叫号。北大不等谁，错过就错过了，要想看病得重新拿号，也许拿到四百多号。王川决定等。他有些遗憾昨晚没有从店里开一辆车出来。有提前修好的车。并不是所有的顾客都记公里数。他这么干过，次数不多，但干过。这样他就可以回家去替傅小丽拿些什么。

王川问傅小丽冷不冷，要不要喝水。他还是买了一本杂志、一瓶农夫山泉。杂志花了五块，不值，但没有办法。人太多，百十个座位坐满了候医的人，沿墙也靠满了，活体广告似的。过道里来来回回都是病人，或者病人的家属，去一趟厕所回来就没有位子了。王川不想让傅小丽可怜巴巴地看走出诊室的病人那一张张绝望的脸。她可以看社保案大揭秘。她也可以看2010年度内地富豪排行榜。

王川又给徒弟打电话。

"'繁漪'来了!"徒弟兴奋地说,"我猜对了,她绝对不是他妈!"

"繁漪"不管二级事故测试程序,她要已经醒过酒来的儿子立刻看到他的四轮怪兽。

"48小时,我最多给你们48小时。""繁漪"冷冷地向老板下最后通牒,"要么你们从我手上拿走奖金,要么你们拿走传票。"

"老板让你立刻回来。老板也要给你加奖金。师傅,这回你捞上了!"徒弟兴奋地说,压低嗓门。"'战斧'有背景,是北京户口。"

王川明白。不光"战斧",还有劳斯莱斯Rolls-Royce,宝马MINI,布加迪Veyron和克莱斯勒300。深圳有很多北京户口,深圳的背景就是北京。

看病的人越来越多,差不多半个深圳的人都到了北大。

号走得有点儿慢,两个小时才叫到47号。王川觉得应该做点什么。他不断为来来往往的人让道。人们有些不耐烦。王川有点儿犹豫不决,但他还是对傅小丽说了他的决定。

"我不去。"傅小丽不高兴地说,"都看过几百次了。二十次了吧。有什么用。"

"那是什么?这是北大。"王川说。

"北大又不是专科医院。"她说。

"它是北大。"他固执地说,"它是深圳最好的医院。"

傅小丽咳了一会儿,低着脑袋站起来,跟着王川去了生殖科。

看生殖科的人很多。基本上是男的。女人要么是陪伴,要么凝固着脸,匆匆来匆匆去,懒得看空气一眼。男人们手里都拿着杂志,不耐烦地哗啦啦翻着。

王川拿到103号。他趁人去卫生间的空当,为傅小丽抢到一个座。那个男人回来,不看王川鼓鼓囊囊的胸大肌,愤怒地朝傅小丽稀黄的头发瞥了一眼,又瞥了一眼。

"你全家不举!"一个啤酒桶一样高大的男人从诊室里冲出来,回头吐了一口唾沫骂道。

"咱们听医生的,别信报纸上的广告,报纸从来不讲诚信。"一个衣着鲜亮的女人牵着她男人的手从诊室里出来,叮嘱说。但也不一定,那个男人怎么看都像她父亲。

候诊室外百十个男人放下杂志,三分之一同情地看"不举",三分之二同感地看"广告"。

王川谁也不看,忙着两头跑,看呼吸内科和生殖科谁的号走得快。他觉得这样也不错,一打两就,不白请一天假。

下午三点多钟轮到他们了——轮到傅小丽。医生疲惫不堪地打着哈欠，顺过脏兮兮的听诊器，不耐烦地往傅小丽怀里一捅。傅小丽下意识把静电工装往下掖，飞快地看了王川一眼。

王川忍住了，没发作。然后是查血。然后是拍片子。傅小丽有医保，但卡里没剩下多少钱。王川没有问拍片子的必要性，要是肺炎怎么办？反正大家都这样。好在确诊后的结果不坏。

王川觉得肺部没有问题是件好事。肺部没有问题，等于蝰蛇发动机没有问题。傅小丽咳起来真是可怜，王川心都在疼，一揪一揪的。他还是不放心，赖在诊室里不走，问了三十个问题，直到他为自己的啰唆被医生和下一个号抢白了一通。

阿莫西林和阿奇霉素不便宜，加上化验和拍片费，从医保卡里划账的时候，王川差点儿乐了。三百块，一分不多一分不少。

"宝贝，我们来对了。"他心满意足地对傅小丽说，"我们真该来北大。"

王川把傅小丽送回家，叮嘱她多喝水，按时吃药。安顿好她，他匆匆赶到店里。

王川惦记着咆哮的"战斧"。他知道问题出在 8.3L 铝制蝰蛇发动机上。蝰蛇的 500hp.V10 发动机为"战斧"提供动力，让激进的小家伙变得疯狂。它有超过 483km/h 的极速潜能——只要有人敢测试。通用旗下的奥斯莫比尔曾在1987年夺得过世界第一快车的荣誉，它按航空技术研制的Aerotech在得克萨斯汽车测试场上创下了447.65km/h的世界纪录，这是道奇"战斧"咆哮着冲上2003年北美国际车展公共展台之前的事。

王川对个人交通工具充满了兴趣和迷恋。他一闻到97号汽油的味道就兴奋，头发和生殖器发硬。

两个客户在店里等王川，一个地产营销商，一个驴友俱乐部的资深经理，他们等他半天了。客户争先恐后地和王川谈爱车改装的事。地产商了解手动模式的改装。资深经理关心从60公里到120公里在3档时加速能不能在7.6秒内完成。还有一大堆客户电话，都是找王川的。

王川平时不开电话，除了突然心慌，打电话问傅小丽有没有闪着腰，有没有缺氧的感觉，或者回到家后，记起要向徒弟叮嘱些什么。老板威胁过王川几次，如果他总是不开机，他的饭碗会有问题。

对老板的话，王川一笑了之，这种话说一次就够了，他不能老让老板从南山撵到宝安把他死拽回店里。他没什么，老板可是明星店的业主，不该给中小企业联谊会脸上抹黑。

那辆闯了祸的"战斧"停在修理厂中，徒弟测试过几遍，发动机脾气还在，挺不耐烦。王川不知道问题出在哪儿。道奇"战斧"突破了一切个人交通工具的常规思维模式,这个结合了装饰派艺术和极端动力的小家伙和所有的道奇产品一样,在炫耀自己挑战和触摸生命边缘的哲学,它可没有那么好侍候。

"和道奇一起去看看你生命的极限在哪儿。"徒弟没看生命的极限,心有余悸地看了一眼自己被怪兽咬破的牛仔裤。"这话不是我说的,是特莱德・克里德,克莱斯勒设计部副总裁。"

"你不是第一次看到它。"王川不满意地说徒弟,"我没说你的裤子。别那么没出息。"

"我还是说了。喔!哇!"徒弟像所有的道奇派一样夸张地叫道,冲师傅飞一下眼,"老实说,昨晚两个砂轮厂的北妹给我电话,我一个都没理。阳痿了,都是它惹的。"

王川不阳痿。他一直保持着激进的动力,屡败屡战。他不信老天会让他绝后。他偏要证明给自己看,不做14%中的一个[①]。他觉得自己就是一辆老而弥坚的"战斧",坚守激情,极端到不回头。

北大生殖科说,傅小丽不属于内膜异位,输卵管也没有堵塞。王川知道这个,他十年前就知道。他还知道傅小丽没有排卵障碍、多囊卵巢、伞端功能受限、纵隔

---

① 21世纪头十年,中国已婚夫妇中的不孕不育率为8%~10%,一些经济发达城市超过了14%。

子宫、妇科炎症，那些愁眉苦脸的女人有的问题她都没有。王川带傅小丽到妇幼保健院和中西医结合医院做过微创诊疗，每年一次，十年不间断。他熟悉动态子宫输卵管造影术、分子生物检测技术、STORZ宫腹腔镜诊疗的一切程序。北大说得对，傅小丽是内分泌紊乱。

王川觉得请一天假、看一次北大，三百元没白交。专科不是神话，有时候综合技术更接近发动机问题。他甚至觉得傅小丽是故意病的。她不咳嗽，夜里不起来喝水，怎么知道问题来自内分泌紊乱，而不是一大堆别的毛病？

王川把徒弟支开。他需要一个人面对"战斧"。他们可以去修理店隔壁的港货店学习生活常识，或者去马路对面的客家食屋泡湖南妹。

他开始检查"战斧"的蝰蛇动力。那是小家伙的灵魂匿藏地，它的全部激情都来自它。蝰蛇动力是所有真正的动力狂热者的麦加，它为人类的极限速度而诞生。他不是可怜自己。他的极速潜能没有人了解。他从来没有从尾气弥漫的赛道上退下来过。但他的确对把一台功率惊人的发动机塞进一副铁壳这样的超常思维困惑不解。

他想，这太像他了。

他细心地调试按钮，对仪表给出的数字感到困惑。他知道内分泌紊乱来自什么。他有手艺。他的薪水不低。他是深圳最好的机械师。他能把一辆被撞得四分五裂的SSC重新送上广深高速，并且像广告中那样，让所有的交警拦下它，向它敬礼，和颜悦色地对车手说，对不起，您超速了，请允许我和您的车合个影。他想过让傅小丽辞工，在家休养一年，哪怕半年。他供得起她。他得把她供好。他明白动力保养和维修的重要性。但谁帮他养三个老人、一个读书妹、另一个读书郎？

"我老了。"有一次傅小丽哭着对他说。

"你不老。"他说，站在那里，手里抓着一把散乱的面粉，不安地看她。

"深圳不需要我这样的人。"她说，"不再需要了。"

"需要。"他安慰妻子，"深圳念旧。"

"念个屁。"她哭着说，"它在高速发展。它停不下来。它谁也不念。"

"宝贝，别紧张。你太紧张了。"他不知道该把手中的那把面粉放在什么地方，它们显得五心不定，"你为它工作了十七年，这座城市不能忘记你，事情就是这样。"

"他们活了一百岁。"还有一次不是她，而是他，他没能控制住，向她抱怨，"他们要吃多少药？"

"别撒谎，你爸才六十七，你妈和我妈不到六十七。"她从刚修好的洗衣机转筒里探出脑袋，看他一眼，一缕湿发像油污似的贴在脸上，"药不是粮食，没人想吃。"

"他们读了一辈子书，怎么就读不完？"他止不住，往外涌恶。

"他们得从一年级读起。他们做不到七岁读大学。"她说，"他们才读了十三年。"

"他们怎么就不死！他们能不能不读狗屎的书，不没完没了地读了！"他爆发了。"凭什么两个人养五个人？凭什么中年就该受欺负？谁来养我们？"他蛮不讲理地冲她大喊大叫，"不是谁都该活成这样，我拉不动十台车！"

她看他。他结实得要命，也气短得要命，厚实的胸脯剧烈地起伏着。她知道他比谁都委屈。她还知道他应该说粗话，粗鄙粗野粗暴粗鲁，随便什么。他一直在受生活的欺负，为什么他不说？

她充满忧郁地想，怎么办呢？她想他一直在拼命，从来没有懈怠过。她也一样，每两天洗一次工装，绝不让一根头发露出帽子外，当焊点工时，每天自主憋气2400次；当货管员时，每天在仓库和车间之间行走23公里；当拉长后不去仓库了，行走的距离增加了一倍，除了"好的""明白""停下""继续"之外，工时中她无权使用任何别的词汇。她想，她应该再去找一份工。她现在不做货管工了，她现在是常白班，早上七点半接班，下午五点半下班，"公民声音"调查公司的两百份问卷发送完之后，她可以再去一个地方工作四小时。她不会累死的。

她放下手中的湿衣裳,捋了捋脸上的湿发,过去拉他。他不讲道理地甩开她,把她和酒杯一起甩在地上。她从地上爬起来,再去拉他。他往后退,带倒一张凳子,摔了两只碗。她不让他犯犟,拉住他,把他的脑袋整个儿搂进怀里。

"没事了。"她说。

"有事。"他说。

"没事了,你听我的。"她轻轻摩挲他又粗又硬的头发。

"我喝多了。"他道歉说。

"我给我妈说,今年不接她。给她寄钱,让她自己过年。"她看了一眼被碎玻璃划破的手,开始重新安排生活。

"一起过。不寄钱。"他犯犟。

"寄。"她坚持。

"寄回去也让村里罚走了。省着。"他说。

他的确喝多了,孩子气地吐了她一身,然后很快睡着了。她就那么搂着他,听城中村改造工程中声势浩大的泥头车队轰隆隆从窗外驶来驶走,心疼地看着他安静地躺在自己吐出来的污垢里。他在梦中抽搐了几下,嘤嘤地哭泣了一声。她眼里满是泪水。

晚上九点多的时候,"繁漪"第三次来到店里。美丽的女人开一辆玛莎拉蒂,新款 Quattroporte 出自大师宾尼法连之手,上等真皮和上等木料营造出的华贵是德系豪华车无法企及的。

王川正给傅小丽打电话。信号不好,中途断了,他拨了第二次。他试图说服她,但没成功。

傍晚的时候王川出去了一次。一个老客户告诉他一条信息,关于一位名医来深圳讲学的。老客户从生殖健康观念说到环境质量恶化,从不良饮食习惯说到心理压力影响,间或引用遗传基因学和性研究工作者调查报告中的观点,最后谈到那位拥有大量顶礼膜拜信徒的送子娘娘。王川放下电话就出去了,通过另一位客户抢到两张票,明天的。他决定带傅小丽再一次上赛道。

傅小丽不同意。不是烦,不是没有希望。她希望呕吐者是她。她每天都在想象中痛快淋漓地呕吐,哭泣着幸福地呕吐,并且躺在自己的呕吐物中不肯起来。谁都在教她生命常识,但她不知道谁能给她自尊。她不会告诉王川,永远也不会——不是内分泌紊乱,而是自尊,让她无法成为呕吐者。

"明天不行。"王川对"繁漪"说,"明天我有事。我需要您加半天时间。"

"你怎么能这样?"美丽的女人吃惊地看他,"你不能连职业道德都没有。"

他心烦,但他不放弃,一定要带她去参加那场不孕不育者的希望派对。他还是抱歉地对客户说:"对不起,我真的需要半天时间。"

"孩子不等。他不愿意等。"美丽的女人生气地强调。

"请您做他的工作,也请他通融,我只需要再加半天。我愿意拿到奖金,但不想看到动力失衡的'战斧'。"他说。

"他还是个孩子。"美丽的女人冲他发作,"这是一座文明的城市,如果你活在这座城市里,还想继续活在这座城市里,记住别玷污了它。"

他看美丽的女人。他不在乎她是不是"繁漪",不在乎法院是不是会送来传票,也不在乎她说孩子时的傲慢口气是不是伤害了他。他的确在玷污这座城市。他是这座城市的创造者,他为数不清的公民恢复着他们赖以生存的动力和速度,同时让自己断子绝孙。

他什么话也没再说,扭头走开,回到"战斧"身边。他决定晚上12点之前一定收工。不管该死的奖金和传票有什么区别,他必须在12点以前回去,为傅小丽倒一杯水。他要在他的妻子夜里咳着起来从他身上爬过去的时候拽住她,安顿她重新躺好,他下床去为她倒一杯水。

他在"战斧"身边蹲下来,目光中充满了爱惜。克里德说得多好啊,道奇的哲学就是鼓励人们去触摸生命的边缘。他就在生命的边缘,一直在,从来不曾到过从容不迫的平缓地带。生活是极限的，唯有极端的活力和热情才能对付这样的生活。他想他不会放弃，他愿意做一个狂热朝圣者，把无限的动力提供给至今看不到希望的未来。

王川回到家的时候，傅小丽正在为他热第三次饭。她刚算完这个月的房租和花销。他们这个月有不少节余，但她不想再去不孕不育门诊。不是不肯花这笔钱，是不愿再蒙受羞辱。

"宝贝，得去。我们得去。"他哄她。

"不去。"她厌恶地说。

"得去。"他觉得自己底气不足，求助地看桌上再度冷去的饭菜。

"看得太多了。我做不到，做不到了。"她乞求地对他说。

"做不到也得做。太多了也得做。"他拉下脸。他没法不拉脸。

"你去抱个孩子吧。"她豁出去了。

"不许说这个！别给我说这个，我不听！"他朝她吼，整个身子都在发抖。也许他应该做点什么，比如把那盘用干辣椒炝过锅的豆干炒芹菜扫到地上去，"我不要谁的孩子，我不要，你明白吗！"

他发火了，她便不再说话，不再理他。饭菜冷了，又冷了一次。房租交过了，但屋里空气紧张。他和她都在想，接下去呢，接下去会怎么样，他会不会揍她？

从结婚到现在，他只揍过她一次。经常骂，只揍过一次。

那一次她和流水拉的姐妹约着去龙华广场跳舞，满头大汗地回家。半夜她肚子疼，他揍了她。其实那次她没有怀上。他以为她怀上了，但没有。

"不是我一个人，大家都去了，广场上都是人，几十个工厂的人都在那儿。"她目光幽怨地盯着他的眼睛，倔强地说，"我只跳了两曲。燕子她们才跳完了全场。我是为《感恩的心》去的。放《感恩的心》的时候，连警察都把烟踩熄，身子站直了。不是我一个人。"

他喘息着抹了一下脸，一句话也说不出来。然后他走进一点五平方米的卫生间，把自己关在里面。

他知道《感恩的心》。那是民工舞蹈者们为富士康坠楼伙伴举行的祈祷仪式，在几乎所有的民工广场中，出现在最后一曲。那些舞蹈着的民工，素不相识的民工，他们把手牵在一起，表情凝重地微微仰起头，投入地遥望着暮色中的天空。

几天后的一个晚上，他们在厨房里做饭，他把菜刀递给她，把揍她的那只手放在菜板上，放好。她看了一眼案板上熟悉的手掌。她对那只手充满了复杂的感情，有时候心旌摇曳，受不了，大多时候依赖。她从它面前走开，再被拉回到它面前。

"事情已经过去了。"她不看他愧疚的眼睛,"我不恨你了。"

"不是让你现在砍。现在我要做饭。"他说,"以后我再揍你,你就砍,看我还揍不揍。"

"我也不是光跳了《感恩的心》,我也跳了《从头再来》。"她的声音有些发紧。

"不管感恩不感恩,"他口气生硬,不由分说,"只要我再揍,你就砍。"

她扑过去,搂住他结实的脖子,手里的豌豆撒了一地,脸用力埋进他厚实的怀里。她哭得很伤心。

他脾气不好,经常骂她,但从来没有对她说过粗鄙的话。他喜欢叫她宝贝。穷宝贝也是宝贝,单车也是宝贝,他痞笑着说。

她和周立平好上那段时间,他伤心得要死,精神恍惚,形销骨立,人瘦了十几斤,有几次走到地铁站台,徘徊到半夜,最后还是回来了。就算那样他也没有对她说过一个粗鄙的字。他只是开玩笑地说,要真跳了轨,就是鬼吹灯。

那一次他们差点就完了。她已经在收拾东西了。她在心里盘算,什么也不带走,只带走一套内衣,那是她过30岁生日时他给她买的,有漂亮的蕾丝,是她喜爱的款式。还有一张他念中专时得的奖状,是他俩第一次见面时他送给她的礼物,她一直珍藏着。

吴玉芳说，傅小丽你要下决心，周立平真的在乎你，他前妻缠他他都不干，你只要和他睡了，立刻就能住进产权房，你就是真正的深圳人了。

其实她和周立平并没有真的好上。她是被周立平带给她的出路迷住了。虽然他是老板三谱外的表侄子，但一点儿傲气也没有，也受老板的气，而且从没骂过流水拉上的姐妹们。她只让周立平亲过她三次，摸过她一次。她激烈地斗争过，觉得自己还是走不出，放不下，开始不了。

"我欠他的。"她对周立平说，"我得还他。"

"你不欠任何人的，你是你自己。"周立平说。

"我是他的宝贝。"她不想说这句话，这句话她谁也不想说。

"我知道，我知道。"她说，心里突然就透亮了，"我这样的女人，我这样的条件，除了他，没有人把我当宝贝。我是说，认真的。我是说，一辈子。"

这些都是过去的事情，现在他又骂了她，他还可能揍她，他们的关系再一次紧张起来。有很长一段时间他们僵在那里，厨房里的冰箱发出嗡嗡的响声，几个下夜班的环保工说着粗俗的段子哧哧笑着从窗外过去。城中村是个硕大无朋的家庭，不知谁家在烘尿布。

"你休了我吧。"傅小丽哭了。

"你疯了。"王川气呼呼地说。

"我给你找个徽州妹,让她给你生宝宝。"傅小丽哭得一把鼻涕一把泪。

"你疯了。"他说。

"你的宝宝,他才是你的宝贝。"她用力擤一把鼻涕。

"你确实疯了。"他恶狠狠地看她一眼,"你怎么办?我有宝宝你怎么办?"

"我不离开你。"她哭着说。

"怎么不离开,我有宝宝了。"他张开两只手,好像要去抱那个莫须有的孩子。

"我给你们两口子做家政。我给你带孩子。我给你热饭。但是你的手不能再往我怀里伸了。"她哭倒在床上。

"傻瓜,"他笑了,咧开嘴,笑得毫无主张,"你真是傻瓜宝贝。"

他低下头,困惑地朝自己的两只大巴掌看。他能闻到手掌上散发出的97号汽油的味道。他站在那里认真地想,觉得自己什么也想不出来。

"你过分,太过分了。你怎么能这么过分?"他被逼到绝境,彻底的没有了出路,豁出去地说,"我给你留下面子,给足了面子,从来没有说破。你以为我什么都不知道。"

他苦恼地摇头,失望地摇头,觉得一切都是那么的不可思议。他知道时间已经不早了,如果半夜要起来倒水,真的没有多少时间了。他决定不再想那些困惑着他的事情。他朝床走去,伸出双臂,摊开两只大巴掌。

"来,宝贝,到我这儿来。"他说。

她不理他。他拉她。她打开他的手,把他的手打得远远的。他不让她犯犟,再去拉她。他把绝望到极点的她从床上拉起来,搂进怀里。

她拼命地哭,不讲道理地哭。她埋在他宽大的怀里,哭得越来越厉害,把肺部都哭疼了。然后她慢慢停下来,止住。

"我以为你又要咳嗽。"他说,开了个蹩脚的玩笑,"那样我们又得去北大了。"

"你说。你想说什么,你给我留了什么面子?"她破涕为笑,仰起头来不要脸地看着他。

"我早就知道,你不是真想和周立平好。"他先不想说。他觉得自己这么做特别卑鄙,"你是想让我重新找一个,找一个能生的。"

"你胡说!"她不干了,这回真生气了。她没有那么不中用。她不能一点用处也没有。要是这样,她还有什么意思?"你再说一遍?"

"再说什么?"他觉得自己傻透了。他为什么要说?为什么要告诉她?为什么要去地铁里徘徊?他简直就是世界上最傻的傻瓜,"再说还是你先说。我看你还有什么办法。"

"你!"她气急地推开他,气得胸脯起伏。她太弱不禁风了,弱到胸脯几乎看不出来,"你欺负人,你简直太坏了!"

他看着她,把她重新拉回怀里。她又哭起来。他不管她,在她脸上重重地抹了一把。他把她抹疼了,她躲开他。他把巴掌上的眼泪举到眼前看了看,不知道拿它们怎么办。然后他把它们揩到裤腿上。那一刻,他真是失望极了。

"你这个傻瓜宝贝,你怎么会这么傻?"他埋怨地质问她。

2011年1月8日

于深圳

离市民中心
二　　百　　米

"找到啦,深圳的南北中轴线!"他惊喜地跳到花坛的基座上,回头朝如瀑的灯火的另一头喊。

"这里才是!"她不在灯光下,离着他十几尺,低头向一块完美无缺的花岗岩铺地石上看,小心翼翼探出脚,脚尖在某一点上站稳,宣布说。

"在这儿!"他跺脚。阿迪达斯今年的新款板鞋发出强调音。

"在我脚下!我踩住了它,它跑不掉啦!"她兴奋极了,尽力站稳,不让脚尖移动。

"你总捣乱,什么都争!"他急了。

"我赢了!"她咯咯地笑,身子晃一下,立刻稳住,快乐地叫,"不许耍赖,王八才耍赖!"

"你才是。"他说"你才是",后面两个字囫囵地吞回去,没说,有点儿像嘀咕。

"你!"她笑得喘不过气。

他站在花坛的基座上,无奈地换了一下重心,不知道再该怎么办。

广场采用了集中扩声模式,使用著名的美国 EV 和 PAS 音响,至少九十台 EVXL 全音音箱、EVTL880D 超低音音箱、PASBH-2 长冲程中低频音箱,加上用于扩声的 PAST1540 全频音箱、用于返还的 PAST1522 全频音箱和用于补声的 PASEVIDC8.2 全频音箱,此时正播放着《花好月圆》的曲子。

圆月隐匿。花坛中的硬骨凌霄刚淋过自动喷头，无数细碎的小水珠在灯光下闪耀，簕杜鹃流光溢彩，羞煞了背景上的凤凰木和皇后葵，是真好。

他站在那儿，德国产JB-VARYSCAN71200摇头电脑图案灯奇异的光效装扮着他，让他有一种君临舞台的炫目感。他不好意思，从花坛上跳下来，向她跑去。

她踮起脚尖旋转了一下，张开双臂做了一个飞翔的姿势，被跑近的他恶狠狠拦腰抱住，笑得更厉害，歪进他怀里。他趁机在她胸口摸了一把。她打开他的手。

"亲我。"她命令说，脸仰起来，嘴努成野蛮的花瓣儿，"就在这儿。"

他亲了。她没够。他再亲，人就不老实。她哧哧地笑着挣脱开，撩一下被广场风吹乱的头发。

"还说。捣乱的是你。这下没话了吧？"她说，撩开疯着的纱巾，把手递给他。

他牵着她的手。他们庄严地看站着的地方，那个被她找到的这座城市的南北中轴线，看一会儿，再看四周。

四周是高贵的大理石、气派的金属、流线型玻璃和湿润的昂贵木料，完美无缺的聚光灯、扫描灯、天幕灯、地幕灯、图案灯和冷光灯的光效。广场巨大，他们是环绕里的中心，恍若仙子。

"是真的吗，我们住到市民中心里来了？"她问他。那样还不够，转向他，人拉近，脸儿贴脸儿。

她不是不相信。她知道这是真的，但偏要问，让他说给她听。"说一百遍。"她不讲道理地要求。

"不是市民中心，是二百米外。"他指出她的错误，"市民中心不让住。我们离它二百米。"

"音乐厅住了。"她说。

"我们不是音乐厅。"他说。

"鸽子住了。"她说。

"我们不是鸽子。"他说。

"那要分怎么看。就是市民中心。"她说。

"怎么看都是二百米。"他说。

"按九十一万平方米算。"她指导他。

"那么算，莲花山也进来了，中央商务区也进来了，半个深圳都进来了。"他嘲笑。

"进来就进来。中国南部都进来。中国都进来。"她宣布。

他是电脑博士，她只是音乐教育专业的硕士。但她伶牙俐齿，能把他绕糊涂。他当然不会真糊涂，这样谁也不让谁，他们争起来。就是在那个时候，他们看见了保洁工。

一个中年保洁工。也许是老年。广场的灯光效果制造着幻觉，说不准。他在一座花坛边，把几片飘落到花坛外的花瓣捡起来，放入便携垃圾处理袋里，像是招呼自己的孙子孙女回家。然后他朝他们走过来。

他们的脚下也有花瓣。保洁工在他们身边蹲下，从中轴线上拾起一片花瓣，再从阿迪达斯今年新款板鞋上小心地剥下两片，放入便携式垃圾处理袋。

年轻的博士脸臊，翻天覆地看鞋底，再看保洁工。保洁工穿着呆板的环保制服，戴着后备役军人般刻板的瓦楞帽。他是个四肢粗壮的男人，个头儿不高，脸上皱褶分明，制帽遮住了，后脑勺上看得出秃顶的痕迹。

硕士冲博士扮了个鬼脸。她的样子娇憨而不讲理。博士想咬硕士。硕士躲开了。"但是，我们还是在市民中心，对不对？"她把目光从走开的保洁工那边收回来，扭过脸问他。

他看她。她目光迷乱。那样的目光，那样的问法，其实是暗中恃美胁迫。他只能点头。只要不是原则性问题，每一次他都点头。

"我们的梦想，"她按捺不住地搂住他，"我们做到了！"他也按捺不住，再一次亲她。他俩就在铺向远方的花坛边，情绪激动地黏合成一个影子。

昨晚谁先开始争吵，他俩都不记得了，为什么争吵也忘记了。

"有本事你别要我。"她开始不讲理。

"有什么，恩格斯就没老婆。"他不妥协。

"又怎么样？"她问。

"苏格拉底也没老婆。"他气她。

"算什么本事？"她朝他喊。

"还有柏拉图，笛卡儿，"他止不住，恶毒地说，"薄伽丘，哥白尼，康德，尼采，休谟，叔本华，斯宾诺莎，伏尔泰，萨特，牛顿，安徒生，福楼拜，卡夫卡，卢梭，福柯，贝多芬，舒伯特，勃拉姆斯，拉斐尔，凡·高……"

"不要脸，你不要脸，以为只有你们男人才配！"她气坏了，差不多快要气晕过去。现在她已经无法原谅他了，"波伏娃也没有老公！邓肯也没有！香奈尔也没有！嘉宝也没有！南丁格尔更没有！"

"你还忘了伊丽莎白一世。"他气她的确有一套。而且他没有那么生气了，"你还忘了克里斯蒂娜。"

事情在临界点上结束。他先认输，把自己关进盥洗室，不到一分钟就冲出来，扑上床睡了。

其实不是床，只是一副床垫，前房客留下的，丢在主卧的墙脚。他们下午才拿到钥匙，去广场疯过以后不肯回关外。新家具要一周后才能到齐，但他们不想等，他们决定就在那张旧床垫上过一夜。也许七夜。她说。

他从美国回来之前是靠她生活和读书的。她读完硕士以后就弃学了。两个人的家都在农村，家里供不起,他们决定牺牲一个人。她是那个牺牲者,打拼了几年,做到 A8 音乐技术部门的中层干部,薪水不菲,但要资助他在国外攻博,骆驼一分为三,他占两份,她占一份。在深圳,住在关内的属骆驼,属羊和毛驴的只能住在关外。他回国之前他们在关外有个小窝,更多的时候,差不多所有的时候,那是她清冷的羊圈。

"我想住在市民中心。"夜静更深的时候,她红着眼圈给他发电邮,"关内才是高贵的深圳。"

他回来了。当然是读完博回来的,带回两个专利。联想国际信息和中兴通讯向他伸出橄榄枝,他不干,决定自己创业。她通过几年来建立的业务关系,帮他从政府那里拿到创业资助。政府有钱,还有文化产权交易所,他用专利融到一笔创业基金,现在是新公司的股东。他和同伴雄心勃勃,要让公司三年后在纳斯达克挂牌。

他带她到市民中心广场旁,问她喜不喜欢那栋褐红色的商住楼。她当然喜欢。他递给她一个装着钥匙的信封。她眼圈红了,哽咽着说不出话。那是她的市民中心,她梦寐以求的居住地,她才不在乎房租有多贵。他哄她,要她别流泪。他没有好意思告诉她,如果允许,他会让那二百米消失掉。

他扑上床垫,很快睡着了。也许是假装睡,他没动弹。

她赌气在窗台上坐了一会儿,看他趴在那儿的样子,气得要命,起身把房间里的灯全打开,乒乒乓乓开冰箱拿冰激凌。冰箱也是前房客留下的,不锈钢整体厨房也是。她用冰激凌刀敲盒子。他不醒,也许醒着就是不理她。她冲出厨房,冲到床垫边,用脚踹他,然后就哭了。

她又坐回窗台上,蜷缩在那里,一把一把抹眼泪。天亮了她还在梦里抽搭。她起来的时候,他站在落地窗前,怔忡着不动,像是后悔昨晚的事。她倒没意思了,起身走到他身后。他没回身呼应她。她站了一会儿。她想他昨晚那么说并不是没有道理。

他是在西方读完硕和博的,西方人爱说思想者没有家。他是被她逼急了,伤了自尊才那么说的。他不是她的思想者,她有思想。她要他当行动者,但不能是没有思想的行动者。她要他行动,而且是有思想的行动,别站在那儿发呆。

她那么想过,有些委屈,脚尖内敛,肩膀收束,睡衣从肩头滑落到脚面上。她一丝不挂地从后面搂住他的腰。

"别生气。"她说,"别生气了。"

他没有动,执拗地看着窗外。一只鸟掠过窗外,然后是一群。

"我赔你。"她咬牙切齿,"上床,我侍候你,让你舒服。舒服死你。"

他仍然没回身,眼里有干净的潮湿。她探头绕过他的肩膀看他的脸,不解,再顺着他的目光看出窗外。

市民中心。落地窗外是整个市民中心,他在看它。

这是城市的政治文化中心,广场是这座城市里最大的市政建筑群,西区是政府的办公区,东区是人民代表大会和博物馆,中区是著名的红黄双色塔。她明白他的意思。他是说,现在它们全归他俩了,是他们窗下的风景。

她一下子被感动了,踮着脚尖快乐地跳了一下。也不知道为什么,就是想跳。她围着他旋转一圈,再一圈。他被她的捣乱迷糊了。现在他的目光离开了广场,回到她身上。

"我们拥有世界最大的屋顶!"她大声宣布。

他不说话,呆呆地看她。他在想,这座城市怎么才能做到?他在想,应该把她放在什么地方,放在什么地方才好?

"中国最大的会场!"她继续宣布。

"还有中国最大的停车场!"他也大声宣布。停车场,城市需要更多的驶入和驶出。

"我想结婚。"她说,像鸽子似的张开双臂飞了一下,跳到床垫上,再从那上面飞下来。

"和谁?"他紧张地问。

"还有谁?"她顽皮地问,"你给我找一个,找不出来不依你,我去大街上随便拉一个。"

"看你找谁。"他释然。"已经结过了。"他白了她一眼,开始往前清算,"床在哪儿?怎么侍候?只有这张破床垫。"

这是不允许的。他白她一眼是不允许的。她向他扑过去。他们就倒到床上——床垫上了。

中午的时候她醒过来。他像孩子一样还睡着,打着轻微的小鼾。她想不起来冰箱里还有多少冰激凌。昨晚他俩只顾疯,没吃饭。她把他摇醒。

"你还没有回答我。"她说。

"什么?"他睁一下眼又闭上。

"我的问题。"她说。

"什么问题?"他迷迷糊糊,翻过身去想继续睡。

"你要赖。"她不干了,揪他的耳朵。

"别闹。"他搂过她,习惯性地把手伸进她光着的两腿间。

她生气。他说已经结过了。那算什么结?她给他发了一个邮件,他给她回了一个邮件,他俩都不想等了,那就不等。他从美国飞回来。一瓶红酒,一轮明月,他们俩,没有第三个人。

"结婚,我要结婚!我要人们都来参加我的婚礼!"她揪住他乱蓬蓬的头发,冲着他的耳朵大喊大叫。

这一次他睁开了眼睛,紧张地看她。

他们决定结婚。再结一次。还是他俩。明月留下,一瓶红酒换成一车,合抱的玫瑰做伴。

去市民中心行政服务大厅咨询,果然不虚妄,公众礼仪大厅提供对普通市民的婚庆服务。

"是的,您没有说错。"负责咨询服务的年轻公务员笑容可掬地说,"和政府的新闻发布会在同一地点。"

"就是说,我们,可以,在政府的礼仪大厅,举行婚礼?"她惊喜地追问,有点儿喘不过气。

"您可以像政府新闻发言人一样当新娘,您的亲友可以在一千七百平方米的大厅中随意打滚,如果您是深圳市民,您的亲友也愿意的话,这是你们的权利。"衣着整洁的公务员说。

"您有女友了?真麻烦。下辈子别急着追姑娘。"她对那个年轻的公务员印象太好了,埋怨说,"如果他不要我,我就追你。"

她证实了自己的判断,不免得意。他们决定好好庆祝一下。

他们去了福华三路的民间瓦罐煨汤坊。他请客,为她点了南瓜百合莲藕和辣椒苦槠豆腐,自己点了咸排鳝鱼鸭血汤和萝卜菜糊。她又要了糯米子糕和西葫芦鸡蛋饼,面前一大堆,一样一口往嘴里塞,剩下的塞进他嘴里。她觉得既然是庆祝,一定要隆重。

他对制作精致的传统小点心没有什么意见,只是为客人们的住处担心。他们只有一间卧室,一间客厅,亲戚来了住在哪儿?而且他不喜欢太多的人介入他的生活,他自己的生活,就算亲人他也不习惯。

"五星级的,出门有星河丽思卡尔顿,喜来登在福华路大中华国际广场,不远是景轩,香格里拉在益田路,福华一路上有马哥孛罗好日子。"她揶揄他。"咱俩有多少亲戚?你二姑不会来,你三叔也不会来,他们才不会丢下山里的绿色食物跑到这儿来吃二次加工的食品。"

"就算这样,你家亲戚不少,那得花多少房费路费。"他皱着眉头。

"没见过你这么抠门的。你要不掏我自己掏。"她把一只糖面芋头塞进嘴里。

"好吧。"他说。

"什么好?你掏还是我掏?"她盯住他问。

"先算在我的账上。"他妥协。

"先是怎么回事?那以后呢,利滚利还你?"她追问。

"算我的,行了吧?"他彻底投降。

"酒店吃不惯,出门有围龙屋客家食府,不行就元禄回转寿司。谁叫咱们住在市民中心。"她大方地说。

"离市民中心二百米。"他更正。

"亲嘴你还隔一层皮呢。两层。"她不高兴他的纠结。他怎么当上董事股东的?

吃完饭,埋单。他觉得菜有点儿贵,不过很快就没那么心疼了。他想到将要到来的浩浩荡荡的亲友组团,有点儿闷闷不乐。

他们沿福华路往回走,一对对衣着款式争相剽窃的情侣和他们擦肩而过。她亲昵地挽着他的胳膊,故意吊着身子,风吹起纱巾,抚得他腮帮子痒痒的。一个烟火味十足的男青年挎着电脑包埋头快速跳下彩色人行道,飘染成金红色的头发像一把刚刚点燃的火炬。一个长发飘逸的精致少女站在一间锃亮的4S店前,目光迷惑,不知在想什么。他们从少女身边走过。少女像是刚从西柚香精里捞出来,身后的落地玻璃窗中至少停放着三辆劳斯莱斯幻影Phantom。

他们走过风筝广场,走过中心书城,走过音乐厅,远远地看见自家的那两扇窗子。他们站住了。一架夜航的直升机从城市上空飞过。她一时热泪盈眶。

"我们住在城市的大客厅里。"她骄傲地说。

"我们刚喝过鸽子汤,正走在从厨房回到卧室的路上。"他庄严地说。

他们穿过广场朝自己的家走去。他们又看见那个保洁工。那个四肢粗壮,脸上皱褶分明,后脑勺上有秃顶痕迹的中年或老年男人。他躬着身子从细雨似的喷头下跑过，默默拂去脸上的水珠，去彩色铺地砖上拾一只断了线的风筝。黄昏时分，广场上的灯开始亮了，莲花山顶的大多数风筝不肯回家。

她觉得对不起他，那个保洁工。昨晚他们光顾着找城市中心的南北中轴线，把花瓣带得到处都是。她松开他的胳膊朝风筝跑去。

"我能帮你吗？"她跑近了，问保洁工。

"那边还有一只风筝。"年轻的博士也过来了，"准确地说，是风筝翅膀。"

但很快，年轻的博士就把注意力转移到另一边。他看那个大鸟一样的家伙——那个世界上最大的著名屋顶，它近在咫尺，就在他的头顶上。

"它像什么？"他悄悄拉过她问。

"展翅的大鹏呗，一千八百万深圳人都知道。"她从指尖上抹下一块风筝油彩。

"像你。"他冲她痞笑。

她不干了，举起花团锦簇的手追上去打他。他躲闪着。

"本来就是嘛，你夜里睡觉的时候。"他笑着辩解，"你自己不知道，和它一模一样。"

她站下了，回头看著名的大屋顶。它弧度有力，起伏如波浪,是黄金分割的比例。她够过身子看自己的腰身,脸红了。

保洁工欠起身子迷惑不解地朝这边看。喷头又过来了,簕杜鹃该浇水了。

他早上醒来的时候她不在。皱巴巴的粉红睡裙失落地抛在盥洗室里,坐便器使用过,没有收拾,瓶瓶罐罐整齐划一,没人动过。

他在厨房里找到早餐。麦片泡溶了,水煎蛋冷出了脂肪色,像过于刻意的塑料品,两只都在,她没动过。

他在广场上找到她的时候,她和保洁工在一起,那个满脸皱褶的老头。看上去他俩已经很熟悉了,他教她怎么把枯叶和残落的花瓣从花坛中收集起来,放进便携式收集袋里,怎么辨认软枝黄蝉和双荚决明是否该打尖,如何使用花剪。

她笑嘻嘻的,干得津津有味,脸蛋红扑扑的,下颏上有一星泥点儿。

"他是达县的。"她告诉博士,"你老乡呃。"

"真的?"博士惊喜,"达县哪儿?不会是管村的吧?园艺师?"

"不是。"她抢着说,"是广场保洁工。他来深圳七年了。他把阿姨也带出来了。他孙女读护理专科,还有半年毕业,也打算来深圳找工。"

"哦。"他说，不知道是不是该帮着做点儿什么。"太阳还没出来，人力资源你都弄清楚了。"

"也不想想你霸占了谁。"她得意地对他说，学着保洁工的样子，把收集起来的花瓣仔细抖进收集袋里。

"政府就叫市民中心？"博士问保洁工。

"邮件里不是告诉过你吗，前年，你忘了？"她说。

"就是说，市民中心就是人民政府？"他拿不准。习惯中不这么叫，一律叫政府大院。

"不可以吗？"她反问，好像她是这座城市的市长，事情由她决定。

他点头。只要不是原则性问题，每一次他都点头。然后他们手牵着手回家。

然后他们又争吵。开始没有争吵。他们吃着热过的煎鸡蛋，商量参加婚礼人的名单。她的亲属比他的亲属多，同事也是。这很正常。他只有一个鳏居的爹。他不爱热闹，不会请七大姨八大姑。他刚到这座城市创业，没有太多新识旧故，也不打算在合作伙伴中张扬自己的幸福。她不同，亲戚老表一大堆，她都想请，一个也不漏过。她硕士读完就来到这座城市，京沪广的朋友她可以不请，身边的总要请，这样一算也不少。

他同意。一车红酒，总得人喝。他一点也不在乎落单。他愿意做一个太空人，从地球人手中娶走他们最美丽的新娘。

花销大致也有了预算。这两个月他预算能力进步很大，这归功于公司的筹办。她不想让他一个人承担费用，他出八成，另两成她出。她可以出三成，但他不干，一定要出到八成。

为什么事情争吵，事情过后他们谁也说不清。不是原则问题。有什么原则？她根本就是把自己倒贴给他了，搭上供他五年的求学费用，还搭上一次不慎的先孕流产术。她就是不能容忍他对她的指点。她不是新移民。

"为什么你就不能简约一点？"他问她，"我们就不能简约一点？"

"你干脆说我不够成熟，不够内敛好了。"她冲他喊。

"还有稳重和温暖。"他气她，"还有通情达理。"

"我们住在城市的中心区，在城市的大客厅，凭什么？"她气咻咻说。

"你还不如说中央公园。"他嘲笑她。

她气坏了。他气人的确有一套。她怎么就这么没心，供出条中山狼？她冲他扑过去。他身手敏捷，跳过床垫。她冲进厨房，再从厨房里冲出来，隔着床垫准确无误把半盒冰激凌扣在他脸上，然后呜呜地哭了。

九点整他出门去公司，脸上的奶油荡然无存。她打电话请了假，决定一个人清静一天。公司福利不错，她正在收拾新家，部门经理关心地问需不需要多延两天的假，开玩笑说同事正商量送他们点什么。

"提个醒,他们会捉弄你。"部门经理在电话那头诡异地说,"我听说他们在打听奶瓶和玩具的事。"

她乐了,很快开始犯愣。

她在两间空房子里来回走动,气消下去,镜子里看不出哭泣过。她穿上大衣,下楼穿过花坛,去了广场对面的行政服务大厅。

她喜欢宽敞、亮堂、洁净和有条不紊的地方。怎么说呢,孕育她的地方是窄小、阴暗和混乱无章的,学习、成长和工作的地方同样如此。人们总说,一个人最终只需要三尺没身之地,但那是灵魂出窍之后的事。难道她只能在三寸子宫、五尺教室和七尺工作间里度过她的全部生命?

她应该走进更宽阔的地方。她迷恋成为宽阔之地主人的那种自由感觉。

行政大厅实行一站式服务,一墙之隔的三十二个政府职能部门的办公系统直接接入大厅,由具有现场管理功能的计算机管理系统做技术后台支持,通过一百四十五个服务窗口受理三百九十多种审批项目,各种政府和个人数据实时交换。

她在大厅里随意出入,漫不经心地使用电脑引导系统、公用电话、大型等离子彩电和舒适的休息椅。她感觉心情好多了。她想起部门经理的话。也许她不会把同事的捉弄当成玩笑,但她已经过了最佳生育期,干吗不及时忏悔呢?她为自己的这个念头偷偷地笑了。

半小时后,她在广场上找到他,那个满脸皱褶的保洁工。她顺路给他带去一瓶120毫升的"冰露"。他谢过她。他带了茶水,每天如此。几个孩子追逐着跑过。更多的老人萎缩得像蘑菇般在广场上晒太阳。茶水装在一个矿泉水瓶子里,像稀释过的可乐。

"您去过行政服务大厅吗?"她问保洁工。

"没有。没什么事。"保洁工说,"那不是我去的地方。"

"您是公民。"她说,"您可以随便去任何地方。"

"你说得对。"保洁工同意地说。

她帮保洁工把垃圾车推到路口。保洁工几次要她把车还给他。

"好了,玩一会儿行了,脏了你的手。"保洁工不好意思。

她没觉得脏。她觉得自己是一道广场风景,在正午之后呈现得恰到好处。她希望这个时候正好有一位摄影师走过,挎一架单反相机,那样她就能得到一幅与广场和谐相处的照片了。

一枝玫瑰探进门缝,讨好地摇晃着。她乐了,再忍住乐,板着脸拉开门,夺下躲在门后的糖炒栗子,顺带着夺下那枝花,反手把门关上。

他用钥匙开了门,放下鼓鼓囊囊的包,什么事也没发生过似的在屋里走来走去,觍着脸嚷嚷着要喝水。很快他俩就蜷到床垫上,她吃栗子,玫瑰支在下巴上,他给她讲他领导的研发部门今天取得的新成果。

"怎么抽上烟了?"她瞥他一眼,夺下他手中的香烟盒,起身去厨房,从抽屉里找出一把修理剪,拎着废纸篓回到卧室。

"朱建设。"她板着面孔叫他的名字。

"是我。"他说。

"护照号AC0356?"她说。

"是的。"他说。

"这包'好日子'是您的吗?"她问他。

"没错,是我的,二十块钱买的。"他说。

"十九支,看看数量对吗?"她问。

"和同事聊事的时候抽了一支。"他老实坦白。

"没问你和谁一起抽的。各国有各国的海关法。"她从烟盒里取出香烟,分两次举到他眼前,用修理剪拦腰截断,残烟落入废纸篓里。

他啧啧着嘴,觉得可惜。她处理完案子,去盥洗室洗过手,跳上床垫,重新窝回他怀里,玫瑰支回下巴上,搂回食品袋,剥一粒栗子塞进他嘴里,接下来的归她。

"继续说。"她命令。

"说什么，都审过了，没情绪。"他抱怨。

"你自己不说的啊，别怪我。你不说我说。"她说。她就说了下午她和保洁工的事。她帮保洁工推垃圾车，从一个又一个秋后蘑菇似的晒太阳的老人身边走过。那个保洁工从没去过行政服务大厅。迈腿就到，他从没去过。

"怎么可能，不会一次也没去过吧？"他不相信。

"一次也没有。三年零七个月，一次也没有。"她肯定。

"四十三个月，一千三百天，他扫走的垃圾能再筑出个大屋顶了吧？"他笑道，"倒是够绝的。"

"你说，他是为什么？"她有些困惑。

"我不相信没时间，肯定也不是没兴趣。没有人会害怕走进一座宽阔明亮的建筑，有这样的人？"她发现他有些注意力转移，拿话把他往回勾引。"你没看见大厅的稳重和内敛，你能想到的现代性那里面都有。"

"简约和温暖呢？"他呵呵笑，"还有通情达理。"

她狠狠拧他一把。两个人滚到墙脚。他脑袋被墙撞了一下，哎呀一声。她胡乱抚了两把乱发，跪在床垫上一粒粒拾栗子。

"人家把你当成玩。义工不是义工，哪有穿着高跟鞋推垃圾车的。"他抢白她，"再说，要让他的上司看见就麻烦了。我的员工让别人帮着做事，我就炒他。你给人家惹事。"

"你以为我连这个都不懂?"她说,"我就是不明白,他为什么没进过大厅?"

"这件事情重要吗?"他说。

"嗯。"她认真地点头,"我想邀请他参加我们的婚礼。"

他吓了一跳,很快明白过来,伸手把玫瑰从她下颔上拿开,严肃地看了她一会儿,再把玫瑰放回去,用力嗅了嗅手。

"怎么了嘛。"她说,"可不可以,你表态。"

"我肚子饿了。今晚吃什么?"他想离开床垫。

她把他拉回床垫上,骑到他身上,狠狠地盯着他,往嘴里塞了一粒栗子,是粒有虫子的,吐出来,再换一粒。

"我知道,你不会在马哥孛罗好日子多预订一间房。酒席倒没什么。"他说,"当然可以。"

"就是说,我也可以生孩子,对不对?"她追问道。

"你说什么?"他又紧张了。

"别胡乱想,和广场没关系。我自己有爹,没打算让谁把我送到你手上。"她嘻嘻笑,"我下午做了一个悲壮的决定。"

"不是撤销婚礼吧?"他期待是。

"美得你。告诉你,我已经交了订金,你就是想撤也撤不回来了。"她扬扬得意。

"有什么能让我惊心动魄?"他说。

"放弃。"她宣布,"我决定放弃,回家,做一个无所事事的全职妇女。"她收起栗子袋,从他身上起来,下了床垫。"说吧,老爷,想吃什么,小女子这就去给您做。"她骄傲地说。

厨房里传出乒乒乓乓的声音,夸张得要命。他歪在床垫上,玫瑰支在下巴上,探身朝废纸篓里看了一眼。他不明白,零食在客厅里,冰箱里只有半打有机蛋,连调味组合都还没来得及添置,她能为他变出什么美味来?

他没忍住,朝栗子袋看去。

子夜过后,他们同时从床垫上翻身起来,去穿衣服。他有条不紊,她动静很大,那种消防队员做表演时的架势,带着声响。孤独的玫瑰躺在床垫和墙脚的夹缝中,已经枯萎了。

本来在被窝里搂着。她喜欢他从后面搂住她,这样有安全感。已经快睡着了,她眼睛都睁不开,忘了争吵之前他们说了什么。不是一件重要的事,他们几乎已经没有了重要的事情。重要的事情在两个人钻进同一床被窝里时就无影无踪了。

怎么会吵到睡意全无?她不明白,他也糊涂。各自在盥洗室里待了一段时间，又分别在卧室和客厅里缄默了一会儿，她先穿上大衣，出了门。他坐了一会儿。窗外的广场上传来吉他声，有一阵没一阵。他穿上风衣，一粒粒扣上扣子，开门走了出去。他在广场上找到她。夜深人静，广场收去奇幻的光效，只留下基础光源，黯然失色。一位流浪歌手目光炯炯，歪支着皮皱斑驳的麦，对着空旷的广场深情地轻唱。

她站在流浪歌手面前，看着歌手，眼里噙着泪水。一只公猫蜷缩在音箱的后面，毛皮黝黑，像城市的幽灵。

"一座城市的中心广场，能容纳多少流浪者？"她没有回头看走近的他，梦呓般地问。不是问他，是问她自己。

他没有接她的话，恍惚回忆，这种经历是他熟悉的。他在美国读书的时候，在时代广场，在麦克逊广场，在芝加哥城市广场，都与流浪的野猫共同度过难熬的长夜。他知道人们的日常经历不同，心灵路程却非常容易找到孪生的兄弟姐妹，不知在什么时候什么地点，它们就宕然相遇。

他们在歌手的浅吟轻唱中站了一会儿。她先伸出手，在黑暗中寻找他的手。她的手很凉，他想把它揣进自己怀里，但没有。握了一会儿，他牵着她往回走。

她再度甩开他的手，向一块彩色的花岗岩铺地石跑去。那是城市中心的南北中轴线，她的中心，她的中轴线。

保洁工用清水冲刷着石面，水花溅起，四周花坛里葳蕤的簕杜鹃如火怒放。看见她和他过来，保洁工关上皮管，看他俩。

"您真没去过，从来没有去过？"她犹豫了一下，问保洁工。

"安洁。"博士阻止她。

"什么？"保洁工困惑地看着她。

"市民大厅。"她无法让自己停下来。她做不到。

"亲爱的，我们回去，回家去。"博士拉住她。她甩开他的手。

"我去那里干什么？"保洁工一脸茫然地看她，不明白她在说什么。

"您就没有什么事，没有任何事可办吗？"她不甘心地说。

"安洁你听我说，我们离开这里。"博士感到他的妻子在崩溃。他开始担心。

"什么？"保洁工问。

"难道什么事也没有吗？哪怕是一点点？您总得走进市民大厅吧，哪怕是一次！"她觉得她在害怕，她内心有什么东西在坍塌。她期待这个时候广场突然亮光一片，不远处的大厅人头攒动，一大群鸽子呼啦啦飞起来，从世界上最大的屋顶上空一掠而过。

"没有。"保洁工说。"我不知道我有什么事。"他说,"没有人告诉过我。"

"我只知道,我不是深圳人,从来不是,一直不是。"他说。

2011年1月10日

于深圳

万象城不知道钱的命运

腊月二十八早上起来，德林打了三个电话。他其实不想打那三个电话，但不打不行，不打说不过去，就打了。

打第一个电话的时候，德林很紧张。打第二个电话的时候，他就不那么紧张了。到第三个电话，德林觉得没有什么。有什么呢，不就是打个电话吗？

"票没了。"接线员不高兴地说，"800万外来人口抢票，你早干什么去了？"

德林三天前就打了，子夜时分开始打，但电话打不通，打通了票就没有了。从腊月二十五开始，德林每天都打政府指定的春运订票热线，每天都没订上票，这就是他的运气。

二十八，打糍粑。今天家里打糍粑了。德林没有买到回家的车票，糍粑只能由家里人打。恩施的其他老乡已经走了，或者决定不走，就留在深圳过年，只有德林没有着落。德林两年没有回家过年了，他应该回去看看老母亲，还有老婆细叶和两个女儿。她们都老了吧，或者长大了吧？但他买不到车票。

同村的丁绍根是腊月二十五走的，就是德林开始打订票电话那一天。年后用工荒，找工不难，丁绍根在华强北送外卖，不怕辞工。他叫过德林，是搭一辆恩施老乡刚买的车，路上不住店，带几个面包，一瓶水——盒面的味道重，那样一车六个人非憋死不可——一个人只出六百元油费钱,加上面包和水,不到六百二十元,很合算。

二十五,磨豆腐。但德林所在的公司不磨豆腐,员工要走算辞职。德林的公司在万象城,工作是按《劳动法》的条文签合同,用工方代交社保医保,每月薪水能到手一千九百块,挣钱多,找这样的工作不容易。德林觉得不辞为好,他想坚持到大年三十,到那天他再请年休假。

德林的母亲七十三岁。七十三,八十四,但母亲还没到咽气的时候。德林的哥哥在监狱里服刑。他老是把自己弄到监狱这种地方。上一次是工业电缆,这一次是群体事件。嫂子在哥哥第三次服刑后离家出走,跑来深圳投奔德林,让德林给她找份工作。

"宿舍里有电视、周六日双休、能积分入户那种工作就行。"嫂子指示德林说。那以后她就改嫁了,彻底摆脱了贺家,不再需要德林救济。

德林不光有哥哥,还有个姐姐。姐姐不断犯癫痫病。她的丈夫去山西背煤,以后就失踪了,再也没有出现,不知是借故逃婚,还是人被埋进小煤窑里,没再出现。

幸亏哥哥和姐姐没有生孩子,他们生孩子真是犯罪。但母亲不那么想,母亲等着贺家的孙子,她不会咽气。

母亲跟德林过。不是跟德林，是跟德林家。老婆细叶一直在埋怨，但也没有提出离婚。德林在深圳工作。他不像大多数外来民工，在关外的流水拉上吃工业废气。德林能挣钱，每月薪水近两千，这和监狱哥哥癫痫姐姐有本质的不同。德林和细叶还有两个孩子。大的争气，考上了咸宁医学院，念护理大专班。小的上初中，成绩平平，迷恋电视选秀节目，迷到每天夜里在梦中泣不成声。

"今天又没买到票。"德林在电话里对细叶说。

"大女问，今年的学费能不能一次交齐，问了好几遍。"

细叶说，一边背过身去大声喊着什么，电话拨通的时候她正在骂谁。

"期末考试成绩出来了？考得怎么样？"德林问。

"她没说。她带了一个孩子。"细叶说，"别乱想，不是她的。也不是保姆。给人家辅导中考课。她说三十才回家。她问回家能不能拿到学费。她说的是全部的学费。"

"她应该回家帮忙打糍粑。"德林不满意。

"二女问你给她买了'爱疯'没有。"细叶没有接德林的茬儿，"'爱疯'是什么？她够疯的了，你不要再宠她，疯上房我够不着，够着了也拉不下来。她说，要是排不上队，山寨也可以，先凑合着用，明年再换。山寨在哪儿？你不是在万象城吗？"

"不是'爱疯'，是iPhone。她要那个干什么？她当她是谁？"德林说。

细叶没有理会德林的话，急着说别的。基本上是管委会追账和家用的事情。

村里搞新农村建设，毁田盖了一色新房，德林这种外出务工人员家庭，属于强行入住户。家里第一批就搬了，钱交了一部分，剩下的催得厉害。家搬了，过去的那些旧家具没法搬，用了几十年，一搬就垮。家里人睡地上，包括七十三岁的母亲。德林的母亲非要做白内障手术，家里根本没有钱，她就闹着要去女儿家。

"一个羊角风，加一个睁眼瞎，你妈想干什么？你妈还嫌你们贺家丢丑没丢够？"细叶一直说"你妈"，嫁到德林家十九年，没改过口。

两个人说了很长时间，说得德林心慌。德林挂了电话，喝了一杯茶，去上班。德林到万象城工作以后学会了喝茶，虽说茶叶都是捡公司高管们丢掉不喝的，这个习惯还是不好。

母亲问他们是不是决定不再生了——生儿子。细叶为账单和家用烦心。大女儿担心今年的学费能不能一次交齐。小女儿只关心新年礼物。总之，家里四个女人，没有人问他什么时候回去过年。

上午公司管理部开会，讲过年期间"五防"的安全问题，万象城管委会方面的惩罚标准很严厉，公司也一样。下午下班前，管理部统计过年期间坚持岗位的人头。部长宣布，回家过年的员工，年后重新聘用，能不能聘上，看职数情况。就是说，过年离开的人，年后回来有可能聘上，有可能聘不上。

德林是杂工组组长，组里六个员工归他管。原来组里不止六个员工。经济萧条那一年，公司减员三分之一，组里跟着减，他就是这一年当上组长的。他的工资那一年涨了两成，而且，两个杂物间归他管，他可以随便在哪一个杂物间里打盹，或者干点别的什么。为这个，他打心眼儿里感谢经济萧条。

部长问德林走不走。德林支支吾吾，没说走，也没说不走。他不想给部长留下坏印象。德林眼里有活，手脚停不下来，工作负责任，对谁都像对亲爷爷，也许他的运气没有那么差，能重新聘上。不过是不是会继续让他当组长，或者让他轮岗，分到别的什么部门，这就难说了。他还是想保住杂工组长的位置。

趁中午吃饭的工夫，德林给两个老乡和一个熟人打电话，问他们的情况。主要是问能不能帮忙到售票窗口买票。万象城不像关外的代工厂，那些代工厂几万人，十几万人，几十万人，铁路运输部门有专门的售票服务。

打完电话，德林决定放弃找人帮忙这种想法。没走又没拿到票的,大多情况和他一样,没时间去售票窗口排队买票。

饭已经凉了。今年冷冬,北方基本上是地狱,深圳也没逃过,老是变脸。商品部配送组的周明明过来了,笑嘻嘻的,把饭盒里剩下的一块排骨倒在德林饭盒里,手在屁股上揩了两下。

德林的目光落在周明明的屁股上,很快离开那里,看她薄薄的耳垂。周明明长着一对肉乎乎的耳朵,奇怪的是,耳垂薄得透明,老是扰乱人的视线,这和她的身份很不相符。

"还没买到?"周明明问德林。

"唔。"德林咬着凝了一层冷油的排骨,就一口饭。他知道她问什么,安慰她:"别急,会买到的。我买不到也会替你买到。"

"我已经买到了。"周明明妩媚地向德林飞了一下眼,"初一早上的。特快,当天就能到家。我那口子带着孩子在家里等我,他今天就回去。广州到长沙的票比我们这儿好买。"

"你拿到票了?"德林说。

"我已经说了。"周明明说。

"一张?"德林说。

"实名制,又倒不成票。他和孩子从广州走,要买三张,那两张谁掏钱?"周明明说。

德林有些不高兴。周明明叫他替她买票，去年也是这样。包在你身上了啊，她说。他不在乎她给不给票钱，也不在乎广州的票好不好买，她总得事先给他说一声吧？

"怎么没告诉我？"德林说。他其实想说，怎么脚踩两只船？

"不是告诉你了吗？求老乡带的，还搭了份人情，迟早要还。"周明明说，"你的身份证又没给我，我又不是你什么人。你不会小心眼，吃醋了吧？"

德林心里剜着疼了一下，不舒服。她当然不是他什么人。能是什么人呢？

德林决定晚上继续打电话，电池准备好，不行插着直流电打，非把票买到不可。他不像她，到处欠人情。当然，她不白欠，欠了一定还，在这方面她是守信用的。可他没处欠，欠了还不起，也不想还，所以不欠。他决定靠自己，打热线电话，非把票拿到手。

德林觉得自己的情绪不对，在赌气，这样不好。但这个气非赌不可。谁不该回家过年？最主要的是，谁没有家？有家就该回家，过不过年在其次。

德林恶狠狠地把排骨啃光，连骨髓都吸得干干净净。饭剩下多半没吃。饭凉了，吃下去胃病又得犯，眼看要过年了，他不打算给自己买药。

细叶老说德林吃相不好，八辈子没吃过肉，见荤腥眼就发绿。德林并不认为自己的吃相有这么难看。他还是有选择的。比如，海鲜他就不怎么吃。

上一次回家过年，德林带了海鲜，那一次他就一口也没动。那一次他的摩托车还没卖掉，是骑摩托车回湖北的，路上时间长，回到家海鲜已经有了异味。德林想告诉四个女人，真正的海鲜味不是这样的，真正的海鲜没有异味，所以叫海鲜。他看四个女人一脸的幸福，四双筷子在钵子里乱翻，没忍心说。事情过后，他想把海鲜的真实情况告诉细叶。他听见细叶大声向邻居炫耀，我家德林带了好多海鲜，吃不动，没办法。他就彻底失去了说出海鲜真实味道的勇气。

"总有一天，她们会知道我在骗她们。至少大女和二女，她俩会知道。"德林心里难过地想。

万象城晚上十点打烊，公司稍早一点，九点四十五下班。德林忙完自己的活，检查完组里的工作，回到宿舍，开始打订票电话。

杂工组六个员工同一个宿舍，两个员工回家过年了，一个员工年前换了工，去了别的公司，一个员工冬月前出了事故，人头没补齐，要等年后再补，剩下小吴是孤儿，宿舍里三尺床铺就是他的家，不考虑回什么地方过年的事，收工以后就蒙头睡了。

上午收到哥哥的信，从鄂西监狱寄来的。同案中有人翻案，律师认为，哥哥最好也加入，这样人多势众。

哥哥虽然在事发现场,但烧警车的火不是他点的。他冲上去打了镇长一耳光,也许两耳光,说不定还加上过一脚,但那是在镇长倒在地上之前发生的事情。镇长的脑震荡与哥哥无关,他有翻案的基本条件。

"赵律师要我们家出三万,这个官司他有把握。"哥哥在信中写道,"我觉得三万太多,你在外面打工不容易,哥哥于心不忍。你觉得我们家出五千怎么样?要不三千也行。先三千,再两千,分两期付,这样比较有把握。律师对我们家印象不错,但也不能太相信他,谁说得清呢?还有,牢饭没有油水,你过年回来带些广味腊肠。"

哥哥的案子用了不少钱,一半是德林掏的,为这个细叶没少给他脸色。德林不喜欢哥哥的口气。"我们家""我们家",说话的口气像家长。德林和哥哥早就分家了,老婆没搭伙,是自己的,锅碗瓢勺也是。哥哥吃香喝辣的时候从来没说过"我们家",倒是嘲笑过弟弟生不出儿子。

"有什么用?"哥哥说,"还不如我,一个人干净。"

德林不和哥哥一般见识。他从小就躲着哥哥。哥哥说什么,他要么听着,要么装作看槐树上的知了。他只是没办法面对母亲。有时候他挺恨母亲的。她倒是生了两个儿子,有什么用?她不该给他太多的压力。她更不该给细叶压力。

"你什么时候回来生儿子?"细叶故意在电话里大声说,是说给耳背的母亲听,"我都等不及了。我准备一胎生两个。别空手回来,把养儿子的钱带回来。大女野了,卖不掉了,谁知道在学校里跟没跟人睡过。二女是花钱的种,卖不出价。家里没什么值钱的。记住,是两个儿子。"

不管怎么说,哥哥是贺家的长子,有没有孩子他都是长子,德林不能不管。但三千块钱他拿不出来。公司薪水一年两万出头,加上偷偷收罗一些包装箱和包装纸卖,不到两万四,刨去吃喝,剩不下多少。就算他拿了,下一次呢?就算哥哥不聚众赌博了、不诱奸未成年少女了、不偷工业电缆了、不什么事都没弄明白就懵里懵懂冲在最前面去参加群体事件了,他能浪子回头,从此回家好好务农,或者找个正经事干?

不是德林拿不出三千块,是德林拿不出无休无止的三千块。

还有姐姐。姐姐的信比哥哥的信早寄来两周,是找人代写的。

亲爱的弟弟,你在深圳还好吗?你和数以千万计的农民工兄弟为建设人类的美好生活做出了巨大的贡献,人们不会忘记你们,人们也不应该忘记你们。年节很快就要到了,每逢佳节倍思亲,我最亲最亲的弟弟，值此佳节之际，姐姐在遥远的家乡思念你……

捉笔者基本属于初中水平，看过大量"感动中国"之类的节目。但姐姐在托人写信的时候没有犯癫痫，这一点让德林感到欣慰。

坚持了三个多小时，大年二十九凌晨，德林打通了售票专线。没有票。接线员说，三天前年三十的票就卖光了。

"那么，"德林绝望地问，"什么票都没有了吗？"

"初一有三趟。Z24票已经没了。T96，17点44分始发，只剩两张软卧。K556，14点08分始发，有票，要报身份证号。"接线员疲惫不堪地说。

软卧肯定不行。软卧等于抢人。只剩下K556，初一下午走，初二上午九点多到武昌，再赶到付家坡去抢武汉转恩施的长途，如果运气好，夜里能上车，就是说，最快也要初三凌晨才能到家。

"要不要？"接线员不耐烦，"你占着线，别人怎么打进来？"

"谢谢。"他说，挂断电话，心里想，为什么谢？谢谁？谢什么？突然就有了一种松弛下来的感觉。

腊月二十九上午，德林带着小吴为一家主力店送货，楼上楼下走了一圈。不少店今天没有开门。RéEL

时尚生活馆、Olé超级市场、嘉禾影城和冰纷万象滑冰场四家主力店还开着,人气不旺,没有什么顾客。偌大的一站式消费中心里,数百家国际品牌代理商来自各地,江西、安徽、福建、湖南、四川,哪儿的都有。代理商要回家过年,商家有车,一般不惦记买票的事。只要不遇到前几年那样的暴风雪,腊月二十八夜里走,年三十前一般都能赶回家。

没有顾客,万象城像是突然一下子被抽空了。

德林处理完手头的事,又带着小吴和一个其他组借来的员工去部长家出外勤,送了一趟年货。部长家的年货不少,装了满满一车,所以需要三个人。

"轻搬轻放,东西归顺好。注意卫生,穿鞋套进门。还有,东西我编了号,回头我会一一清查。"部长交代。

部长同时透露,不回家过年的员工,三十晚上公司请吃年夜饭,有酒有水果有红包,年后还要发开工利是。

德林心里咯噔一下。他想,大女年后开学是没有利是的。

谁给她发利是?细叶说气话,但也不一定,大女说不定真跟人睡了。现在有的学生跟人睡,睡完拿一笔钱,想干什么干什么。大女不干什么,她要交学费。她说过,要是家里支持,念完大专她还想续本科。

"你不是涨工资了吗?你都当组长了。"大女忧愤地对德林说。"妈妈是农村妇女,目光短浅,可你在深圳工作。"她说,"我一定要把命运掌握在自己手上。"

大女不像二女,大女有志气。这样说,大女更有理由跟人睡。她给人带孩子,她也可以带孩子的爸爸。要是儿子和爸爸都带,是不是能拿双份?

二女就不一样了。二女光知道看真人秀节目。她还跑到武汉去参加过一次电视选秀活动。细叶不给她钱,她偷了奶奶的金耳环卖掉做盘缠。她连初选都没入围,一张嘴就被评委轰下台了。

二女长得是比大女漂亮,但也漂亮不到哪里去。武汉是什么地方?二女那种学木叶鸟叫的原生态,根本上不了台面。那次惨遭淘汰,二女的人生跌入低谷,失踪了几天,人找回来哭得天昏地暗,哭完以后咬牙切齿地发誓,要练习潜规则,还要练习如何准确无误地在舞台上找到电门。

"下次他们再敢封杀我,我就血溅舞台!"二女发狠说。她不是发狠,是真做得出来。

德林带两个员工送完年货,回到万象城。剩下的大半天基本没有什么事。公司规定,上班的时候员工不能坐,不能抄手,不能聊天,当然也不能嗑瓜子。这个难不住德林,他会找事情做。事情总是有的,万象城这么大,公司的活堆积如山,一千个德林也闲不下来。

今天下班比往常早,不到九点半。女店员一个个笑着闹着，花蝴蝶似的鱼贯而出，消失在夜幕中。德林不大习惯万象城早打烊，这不像万象城，但去售票窗口排队买票肯定是不行了。他抱着最后一丝希望给订票热线打电话，一丝希望很快变成毫无希望。

德林心里很难过。他不能连续两年不回家过年，这不通情理，说不过去。但不能怪谁。世界不是家，大家都抢票回家，他抢到了，就会有另一个德林失去回家的机会。事情就是这样，你要当组长，你就不能在大年三十之前离开岗位。你要回家过年，你就别想比组里其他员工多拿两成薪水。还有什么办法？德林觉得应该有办法，否则就不是万象城，不像大千世界了。

德林回到宿舍。小吴坐在床头清钱，一大把脏兮兮的零钱。他准备把零钱清出来，凑齐五百，过年找人打麻将。小吴是个克制的青年，输赢五百，决不再添，这一点比很多人强。

"如果大年夜就输完了，剩下几天怎么办？"德林担心。

"看电视呗。春节晚会滚动放，还可以投票。"小吴坦然。

德林很羡慕小吴，没家更好，人在哪儿年就在哪儿。德林也想清钱。当然不能当着小吴的面清。他是组里的高薪阶层，当着员工的面清钱影响不好，这个领导艺术他有。

德林找出一张纸、一支笔,心里默默计算,在纸上涂画了几遍,得出一个数字,再核实一遍,看数目相差不大,叹了口气。小吴也凑齐了五百块,也叹了口气。小吴叹完气就告诉德林,部里明天要派人去宜昌,到朱师傅家慰问。德林停下来,抬头看小吴。小吴也看德林。德林说是吗。他一下子就觉得又有希望了。

晚上德林睡得很安稳,一个梦都没做。他决定按计划执行,明天向部长请假。慰问朱师傅家的车年三十中午走,初一赶到宜昌,慰问完朱家就往回赶。公司派车,面包车,两个司机,一名工会干部,等于是给他派的专车。他搭车到汉宜高速公路枝城路口下,换乘去恩施的"捷龙"快巴,初一夜里他就能到家了。

德林想着自己在微醺的夜色中走进院子,邻居的狗惊醒了,吠叫不停。他敲门。先轻轻敲,再理直气壮地敲。屋里灯亮了,细叶惊慌失措地问是谁,然后二女操起菜刀往外冲。他想着这样的场面,开心地呵呵笑。当然,他也没有忘记叮嘱自己,一定要备一包好烟,路上给司机们抽,在枝城下车的时候谢谢干部,多谢几声。

一大早周明明就来找德林。她给德林发短信。"来个虎年告别如何?"她俏皮地问他。

德林在杂物间等周明明。他打算见过周明明以后就去找部长,把假请下来。周明明行动快速,进了杂物间,反身掩上门,靠在门上笑眯眯脱裤子。我没迟到,赶上过年了吧?她压低声音哧哧笑着,邪气地说。她没穿底裤,这样方便。

两个人很快完了事。天冷,也没再温存。周明明平时很缠人,每一次都是德林败下阵来。她老说和德林在一起控制不住,事后想起,自己都脸红。有几次德林告诫自己,适可而止,但就是止不住。他就是迷恋周明明缠人这一点。他从来没有问过,但他能猜到,周明明不光和他好。她是一个讲情义的女人,从不欠人的。她是他什么人?他无权干涉她。

周明明从带来的包里翻出底裤,让德林扶着她,她穿整齐。德林问她要不要去吃碗米粉。他俩好上以后,每次事毕都要去吃米粉。她要牛腩加卤蛋的,添很多勺油辣子。他不加臊子,净米粉。

"回来再说吧。车要开了。回来我给你带湘味血肠。"周明明用手机屏幕当镜子,捋整齐弄乱的头发,收好手机。"给我两千块钱。"她说,"你要手头宽裕,三千也行。你是守财奴,五千做不到,我不欺负你,三千吧。其实再多也用得完,不信你试试。"

"明明。"德林说,有点儿结巴。

"别小心眼好不好?不是你理解的意思。"周明明说。她能感觉到他搀扶她的手往回抽动了一下,"我得给孩子买礼物。我今年的工资炒股都炒进去了,一分钱没落下。我是该听你的,不是没听吗?"

德林不说话。他能说什么？一年三百六十五天，周明明三百天是激情洋溢的理想主义者，六十天伤痕累累，剩下五天见不到人，像是死在无人知晓的地方。她完全疯了，根本拦不住。她每次割肉的时候都会给他打电话，哭着打。他就发抖，接完电话半天喘息未定。

"我总不能空着手回去见孩子吧，"周明明不高兴了，"孩子叫我妈，我怎么抱他？不给算了，我借。借你两千，行了吧？"

"明明。"他说。

"德林，贺德林，做人总要讲情义，"她急了，说了一句粗俗不堪的话，透明的耳垂像是被谁踢了一脚，有些渗血，"就算我卖，一年时间，你也买够两千了，至于吗？"

"那，"德林也急了，"怎么不说我卖你买？哪一次不是我堵你的嘴，不堵全万象城的人都能叫来。"

周明明看了德林一眼，目光离开他的脸，捋一下头发，低头收拾东西。

德林后悔了。他们不是夫妻，当然不是。他们只是黑暗中抱团取暖的伙伴，但她还是给了他很多慰藉。一开始他很紧张，没有留意，以后很多事都想起来了。有一次完事后，她脸凑脸地看他，看完以后眼眶湿润。还有一次她给他发短信，说她想他了。那一次台风过深圳，满大街雨水横溢，但她没有到杂物间来。她有时间，他也有，她就是没来。

德林觉得自己非常糟糕，简直不是人。他拦在门口，不让周明明离开。

"我赶车。你这种人，不会再给我买张票。"周明明平静地看着德林，"事情就是这样，你让我们的关系变得龌龊不堪。"

"我不是故意的。"德林说。

"你不是故意的，所以你才是个彻头彻尾的王八蛋。"周明明哽咽了一下，"我以为你和他们不同，看来是这样，你不过是个老实巴交的嫖客。你在伤害我，你在伤害我们之间单纯的关系。我还能指望什么？"

"明明，对不起。"德林觉得他吃不住劲了。

"我干吗要对你说这些？我又不是你老婆，我没有这个权利。"周明明厌恶地打开德林伸向她的手，一脚踢开地上的毯子，去抓门把手，"别碰我，我要离开这里，回去用肥皂洗一百遍。"

"是回常德再洗，"德林突然觉得他变得聪明了，舌头一下子变得好用起来，"还是把票废掉，洗完一百遍，再走路回常德？"

周明明扑哧一声乐了，发狠地打了德林一下，自己抹掉眼泪。

他给了她两千。她说什么也不肯要。他说什么也要给。她运气好，他身上带着。朱师傅被货车挤断盆骨的时候，他给了两百。部长儿子结婚，他给了一百。二十五十的，这一年他还给过好几次。给她两千的确让他心疼，但他应该给，不是吗？

"说好了，算借，我会还你。"周明明不好意思地笑了一下。经过那一闹，她的两只耳垂薄得越发透明，"乖乖，别记我仇，你就当刚才一条不要脸的母狗骂了你。"

周明明心满意足地走了，去赶长沙的火车。德林站了一会儿，在杂物间坐下来。他觉得累。他后悔没有把茶杯带下来。那些高层管理干部们丢掉的茶。杂物间是他的，是他的庇护所，他想在杂物间怎么坐就怎么坐，想坐到什么时候就坐到什么时候。有几次，他把自己关在杂物间里，不开灯，在黑暗中默默流泪，流够了把泪擦干，擤一把鼻涕，出去继续工作。这些事情他没有告诉别人。

德林坐了一会儿，把凌乱的毛毯折叠起来，用一块塑料布包好，装进一只衣物袋里。那是他从商场丢出来的垃圾中捡到的，用清洗剂洗了好几遍，偷偷带到杂物间，周明明来的时候用。他准备带走，不再用它，或者不和周明明一起在杂物间里用它。他们之间应该结束了。他不能继续下去。他当然需要周明明，或者别的明明，至少偶尔的，他有需要的冲动。但他付不起。他怎么说得清楚，她年后会买什么股票？她太疯狂了，她要是继续疯狂下去呢？

有人从安全通道下到地下室。隔墙车库里有车驶走，车轮尖锐地摩擦着水泥地。他还是有点想念周明明。他并不想念别的什么明明。一想到她那两只透明的耳垂，他心里就发涩。他想，他这是干什么？他为什么要折磨自己？既然做不到，那就做不到好了。他可以去做能够做到的，没有副作用的。杂工组有人去关外找发廊，有人依靠画册自己解决，还有人用捡来的充气娃娃。副作用并不随处都在，这些他都知道。

他这么想，就想到哥哥。他不知道哥哥在监狱里怎么解决问题。监狱里肯定有问题，哥哥肯定有问题。他希望哥哥能找到办法，把问题解决掉。他希望哥哥能配合律师，打赢官司。他一想到哥哥，就觉得自己很幸运。他不挨打，不坐牢，想吃广味腊肠可以去买，他还想怎么样，还想上天不成？他发过誓，不管哥哥的事，不再管。一个人管不了天下，管不完。他能力有限，但他毕竟是他的哥哥呀。有一次，哥哥替他挨了打。那个时候他和哥哥还小，几个大孩子在放学的路上堵住他，问他吃过屎没有。哥哥慌里慌张从河对岸踢着水花扑过来，头发乱蓬蓬的。哥哥被大孩子们打得满地爬，打出了鼻血，牙也打掉一颗，以后说话老漏风。你妈的二蛋。他说，你欠我一辈子。

他这么一想，就决定了，这一次他得管，给律师三千块。广味腊肠就算了，三千块钱一定要给，就当三千块钱买一颗牙。给哥哥三千，姐姐五百就行，谁让她是泼出去的水，谁让她犯癫痫？但她是他的姐姐，对不对？她给他洗过衣裳，给他往乡里完小送过粮食。还有一次，他读初一那年，偷看冯家老三尿尿，被冯家的狗撵得屁滚尿流，要不是姐姐威胁冯家老三，他就完了，至少判流氓罪。这么说，姐姐也该管，不管说不过去。再加三百，给姐姐八百，他管。

想到读初一的事，就想到二女。他说不清他怎么就欠这个魔头的，她以为她是富二代？她怎么不生到李嘉诚家里去？但是，她为什么要生到别人家里？她凭什么就不能生在他家？他家怎么啦？他饿着她冻着她了，还是没供她读书？而且，二女并不是没有志气，十四岁的女子，敢一个人跑到武汉去，站在舞台上放声大哭，那些评委还不是被她哭得干瞪眼？二女说得对，我还偏不相信，农民的孩子不能当明星，那城市的孩子也别吃绿色食品。她还说，爸爸，我不怨你，我只怨钱。

他这么一想，心里就发疼，觉得口渴，想要喝茶。他会给二女钱——不是单独给，给家里钱的时候特别说明，那些钱当中有二女的一份。iPhone 不买，那玩意儿没什么意思，就是糟蹋钱，很多孩子没有那个也秀了。二女最好小心，她要秀出个名堂，她不秀出个样子给他看，他非剥了她的皮不可。

他那么想过以后不由笑了。二女肯定会一蹦三尺高,冲过来搂住他的脖子。你是世界上最了不起的爸爸!我好怕呀!这两句话她都会说。

接下来是谁?大女还是细叶?大女的全年学费一次交清,这个没有什么好商量的,就这么办。但大女应该明白,她是大学生,以后是护理师,是职业高尚的医务工作者,她应该把精力放在学习上,而不是别的什么上面。带孩子可以,带孩子的父亲,这种事情没有必要。他就是做父亲的,他这个做父亲的绝对不允许。他能供她读书。不行他吃素、一天改两顿、夜里不睡觉、争取多加班。不行他再打一份工。别说本科,读研究生都行,读博士生都行。她还想怎么样?

细叶对这样的安排肯定不干。她会气坏的,会一把鼻涕一把泪地骂人。但是别急着骂,还有母亲。他在想,母亲需要什么?她的金耳环被二女偷了,她要治白内障,她想住到姐姐那里去,但她没有说过她要什么。对了,她说过,她问他们什么时候生,她说过这个。那么好,他给她治白内障,他给她买耳环,金价涨了也买,涨成深圳的楼价也买。他不能自己从母亲的子宫里钻出来,随手剥下胎盘丢掉,他生出个女儿,女儿再从奶奶耳朵上剥下金戒指,那他算什么儿子?他连猪都不如。

现在轮到生孩子——生儿子了。老实说,这很难。不是他不愿意,他有一口气都愿意。问题在于,他只有一口气，那口气他要吹给那么多人。她们都是他的家人，还有姐姐——可怜的姐姐，还有哥哥——混账哥哥。他们都是他的亲人，打断骨头连着筋的亲人，他们每个人他都得吹，气吹不到谁头上都不对，都说不过去，他都不干。他当然要生儿子。要是按愿望，他有多少儿子应该生下来？现在，可怜的他们都进了肮脏阴暗的下水道。

这件事情，关于生儿子的事情，他以后会和细叶商量，慢慢商量。细叶是能够商量的，只要她能够拿到足够养活老小的家用。

"德林，你想要多少孩子？一百个够不够？"

这是结婚那天晚上细叶对他说的话。他记得。她搂着他的腰，面如桃花，百般迎合。他也是。那天晚上，她像一个无所不能的女侠。她有什么做不到？他应该体恤她，不让她受家用之苦，不让她一把鼻涕一把泪地骂人。他不就是干这个的吗？除了这个，一个男人还能做什么？

现在，他必须决定一件事，是不是要向部长请假，搭公司去宜昌的车回家。他想，明摆着，当然不能请。他要请了，过年回来他还能当杂工组长吗？也许连杂工的岗位都没有了。他要当不上组长，拿什么给母亲治白内障、叉金耳环？拿什么体恤细叶、父大女的学费、二女的选秀费、哥哥的律师费、姐姐的治病费？再说，周明明拿走了两千，靠什么补？再说，搭公司的车到枝城不花钱，从枝城到恩施呢？过完年的返程呢？从恩施到武汉一百多，从武汉回深圳两百多，加上路上吃喝，怎么也要近五百，要是买不到硬座，卧铺得再加一倍，谁掏？再说，他要回到村里，家族长辈他得去拜年吧，族里的后辈来他得接待吧，长辈封五十的红包，后辈封十块的红包，孩子封五块的红包，按人头算下来，怎么也得封出两千去吧？再说，他要不回去，坚持过年上班，那他就可以拿到加班费，还可以拿到开工利是，一分钱不花，反而落下好几百，细叶一定会支持他这么做。

现在他明白了，为什么打电话订票的时候，他有些紧张。他根本不是紧张，是害怕——害怕回家过年。年好听，不好过。年处处是刀口，处处要割肉。他回家过年了，谁替他保住这份工作？他还能做什么？

他决定了，不回去过年。他这么想过之后出了半背的汗，浑身舒坦。他还想，反正不回去了，明天大年初一，公司放假，银行也肯定不像往日那样，人多到你会以为全世界都是富翁。他有一整天时间，充裕得像个吃饱了青草到处找地方晒日头的公羊，银行里没有人头攒动的场面，所有的柜台员都会起身迎接他。先生，请问您要办什么业务？他微微扬起下颔，看他们一眼。他办什么业务？他汇款。他先汇家里的，母亲、大女、二女，剩下的都归细叶，让细叶美美地过一个肥年。然后他汇姐姐，再汇哥哥。哥哥这笔钱多，放在最后汇。这次三千，下次两千，以后他还汇，一直汇到哥哥出来为止，一直汇到哥哥他妈的不再惹事为止。小姐，给我汇款单，多拿一些，我要汇款。汇款明白吗？

肚子里肠响辘辘，德林这才醒悟，他已经在杂物间里坐了很长时间了。公司今天不忙，但公司今天请吃年夜饭，有酒，有水果，还有红包。他当然要去拿红包。他把酒喝得足足的，水果敞着怀吃，回到宿舍再数红包。他是一个有抱负的男人，他需要更多的红包。

德林站起来，充满希望地离开杂物间。锁上门之后，他想起来，毛毯没拿，他忘了拿。不过不忙，年一天过不完，他有的是时间，他会把事情一样一样处理好。

德林走出地下室，走到大街上。深圳在大年三十这一天突然空城，街上没精打采，看不到什么行人。这就对了。德林想。怎么说，深圳是一座移民城。

德林回头看万象城，看他挣生活的地方。万象城顾客寥寥，好像人们的钱全都花光了，人们对万象城没有兴趣了。但是，对这个，万象城一点儿也不在乎。它是中国最好的购物中心，代表中国最具国际消费理念的示范样式，拥有从 Fendi、Gucci、LV、Dior、Prada 到 Anubis、Police、CKunderwear 的数百家国际品牌商品，不管顾客少到什么样子，它依然灯火辉煌，年节的气氛浓烈。

德林想,谁知道钱去哪儿了?也许没人回答得出来。可这个难不住他。他是万象城某公司名下的杂工组长,任何时候,他对万象城的细节都历历在目。

就像它的名字一样,万象城是深圳最值得炫耀的地方,或者说,它是最值得炫耀的地方之一,这里有琳琅满目的商品,有你能够想到的、满足你所有物质欲望的美丽商品,以及令人舒适的交易过程。如果你有足够的钱,它们还属于你,你可以随意选择你的所需所欲。你用"银联"或者VISA卡结账,那些商品会经过细心的礼仪包装,婴儿似的珍贵地放进精致的包装袋里。然后,先生,女士,您是它们的主人了,您是这个世界的主人,请您带着它们,去您想去的任何地方。

德林那么想过,心里一下子敞亮了。他觉得这个年,他会过得不错。

2011年2月16日
于深圳

敏 感 的 心
都 很 脆 弱

我有一辆二手车，九十年代产的广本，它把家丢了。

电脑上没有记录，证明我的二手广本在小区车库里有固定车位。

"没有您说的序号，"车库保安快速翻动屏页，指指戳戳让我看，"物业管理公司不喜欢13这个数字。序号4也没有。"

但我真的有固定车位，就在车库第三个拐弯道，东向那排车位的第7个，旁边有一个锈蚀掉的消防栓，从早到晚怨天尤人地盯梢每一部进入或驶出的车辆，因为楼顶就是安全通道，车位不规则，像一只没有发酵好的牛角包，车位上方的横梁用白色油漆清清楚楚写着：F13。

"花了六万七，不带中介费。"我说。

"没有这么贵的年租，怎么可能？"车库保安用怀疑的眼神看我，"再说，物业从来不收中介费，物价局不允许。"

"不是车位费，"我说，"是车价。"

"难怪，怎么想都想不起来您开的是哪辆车，原来是二手。"保安笑了。

他不该笑。二手车也是车，不然北环立交边上建那么大一座二手车市场。再说，我非常喜欢我的车，它是一辆多么了不起的车呀！

我们都不说话了。保安很年轻，刚从内地来，可能还在试用期，没来得及去看比二手车市场更了不起的市民中心。他推开我，从门房窗户中探出脑袋，差不多悬出半个身子，扭头看大门外。

我也扭过头去看。

一个中年男人，戴着奇怪的草编绅士帽，坐在小区外马路对面的人行道上，背后是彩田公园的黑铁栅栏。

他是磨刀的，就是人们说的磨刀客。他的样子很舒服，跨在一把改造过的工具凳上，吸着半截香烟，录音磁带在屁股下面的什么地方反反复复喊："磨剪子咾——戗——菜刀——"

他吸完烟，烟蒂摁进工具凳后的一只罐头瓶子里，开始干活。

我走出小区，过了马路，过去看。

罐头瓶里装着少量水油混合物，浸泡着好几只烟蒂。现在你明白了吧，他是一个遵守公民道德的磨刀客。

"你好。"他向我打招呼。他的口音能听出一股浓厚的安庆味。现在能听出来了，录音磁带里的那个人就是他。

"两块钱一把。剔骨刀另加一块。你也可以试试自己动手，要是不怕手上打泡，或者弄脏你的名牌衬衣。"

我咧开嘴笑了。他很幽默。自从车位消失不见之后，我还是第一次笑。

他的工具非常简单，工具凳上架一只老式磨刀器，砂轮边缘凹陷下去，一条脚踏皮带轮安装在工具凳的另一头，脚一踩就能干活。

"你肯定不知道它去哪儿了。"我说。

"什么？"他停下去身后挎包里掏什么东西，抬头看我。

我能告诉他什么？一个爱车如命的人，每天要穿过整座城市去挣钱糊口，结果，他的车把家丢了，不见了，真是活见鬼！

"你不会是日本人，只啃生鱼吧？"他和我开玩笑。他会开玩笑。

"日本人也用刀。菊花与刀，说的就是他们。"我说。

"也可能你喜欢把芹菜揪成段，用石头砸排骨，那是你的事，但不要指手画脚，影响我的工作，这方面我是专家。"他说，"我见得多，有的家用八九把菜刀，各种样式。你家里用一把还是更多把？"

我没有回答他的问题。我还在想车位的事，它不可能消失不见了。F13，车库横梁上方用白色油漆清清楚楚写着，怎么会不见？

他从挎包里掏出一把锈蚀掉的菜刀，往菜刀上淋了一串浸渍过烟蒂的姜黄色水油，右脚踩动皮带轮，菜刀凑近磨刀器。

我回头看小区大门。车库保安在和大门保安说话，两个人用怀疑的目光向这边看。他们肯定在看我。我决定再回车库一次。也许我看掉了，车库保安也看掉了，车位就在那儿。

"你能不能把喇叭关掉？"我说。我没有告诉他，砂轮已经够吵了。

他抬头看了我一眼，挪动屁股，伸手关掉录音磁带。这样好多了。"你脸色不好。"他关心地说，"是不是抑郁症犯了？"

"算了吧。"

"你在担心什么？你到底想要什么？是回去拿菜刀，还是站在这儿老老实实看我工作？"

"为什么会这样？"

"你看，问题就在这里。看上去这是一把没人要的废刀，我的工作是把它变废为宝，但你不能把心思用在抛光这种小聪明上，这里面有很高的学问。"

他停下来，菜刀放在一边，点了一支烟。大概害怕烧到头上的草编绅士帽，头歪着。在城市里，你根本别想看到这样的怀旧绅士帽了。

"有人收三块，我只收两块，剁骨刀另加一块，谁也管不了我。"他吸了一口烟说，好像他是个能决定一切，但又不屑于决定的大人物，"没有人见过磨得这么好的刀，你见过吗？"

"我的车位不见了。"我对他说。

"有时候我去宝安和龙岗,更多的时候我在罗湖,这里很多人需要我。"他说,被烟呛了一口,乜着一只眼看我,"你说什么?"

"你肯定不知道。"

"人不可能什么都知道,人们不会让你这样做。人们都有私人空间,对吧?"

他把烟熄掉,燃烧过的烟蒂仔细掐下,丢进罐头瓶,剩下半截夹在耳后,重新踩动皮带轮。

他熟练地在砂轮上抽动菜刀,刀刃挑起一片火星。那把刀很快露出锋芒,醒过来。

一个蓬头垢面,穿着簕杜鹃花样睡衣的年轻女人提着两把菜刀从小区大门出来,决绝地穿过马路,扑向我。

我决定还是去车库找一找。我不甘心。

倒不是为我自己。那辆二手广本不容易。它跑了15万公里,早已经跑完了人们给它规定的性命,可还在跑。有多少警察在路上等着抓捕它呀。

我穿过车库保安和门卫保安猜测的目光,下到车库,从进门开始,挨着车位寻找。和上一次一样,和上上次也一样,车库里的确没有13号。不光F区,A、B、C、D、E也没有。他们说得对,4这个序号也没有。

我知道,至少有两个保安躲在车库门口,探着脑袋往里看。问题不在他们。小区上周丢过一辆车,很好的车,结果丢了。但他们不可能把车位挪走,挪不走。

我站在那儿,陷入困境。我想,我那辆广本,它的家去哪儿了?我流下了眼泪。

我朝车库的深处走。顶灯把我分裂成一个一个的影子,它们依次从我身上长出来,离开我,快速长高,等长到不能再高的时候,嘣的一声从我身上断裂开,弹射进某个角落里,消失掉。

我把头顶到一截下水管上。那是一截冰凉的铁矿石尸体。我能听见空心铸铁中央巨大的呜咽声。我猜里面有一只流着眼泪的长吻白豚,它在里面待的时间太长了,一直没有找到游出来的方向。

头顶着锈蚀的下水管,我呜呜地哭了。

我又回到磨刀客身边。

一个胖乎乎的大嫂伸手去接磨好的菜刀,他不愿意给。

"给我一根头发。"他说。

大嫂警觉地退后一步。

他叹了口气,摘下绅士帽,在自己头上找。他真没什么可找的。他挤动被太阳烤得油乎乎的鼻子,硬拽下两根,把头发小心翼翼放在刀刃上。

"吹气。"他命令说。

大嫂不失警惕,不肯照他的话做。我替大嫂做了。

头发在刀刃上飘落成两段,不见了。

"这样的手艺早就失传了。"他得意地摇摇头,叹了口气,菜刀面在围腰上抹了两下,倒过刀把,爱惜地递给大嫂。

"你还在犯抑郁症?"他把耳朵上那半截烟取在手中,但没有点燃,"没有用,丢了就丢了,别想着找回来。"

"但它应该在那儿。"

"你干吗要理它?"

"人都有家,车也一样。"

"他们把刀拿来,还有剪子,你想不到那些可怜的小家伙,它们被糟蹋成什么样,它们连刀刃都没有了,就是说,你完全可以躺在上面好好睡上一觉。"他不满意地说。

"我知道这种事。谁不知道呢?"我说。

"你以为你了解什么?你什么也不了解。"他的话是对的。稍远处,彩云路通往莲花支路那个拐角旁,一对年轻恋人站在那里说话。穿格子T恤的姑娘伸手打了情侣一耳光。男孩子反应很快,退后一步,抬手捂住脸。

"你见过这座城市被凤凰木花瓣铺成一片红的样子没有?"这一次,他把香烟点着了,吸了一口。

去年我回这座城市的时候,正是凤凰木花凋落的日子。前年也是,大前年也是。我去了她的家乡,还去了几处她曾经开心大笑的地方。她说过,想开着一辆车沿着长长的溪流走一次,她想开广本,白色的,我买了。但我再也没有找到她。有些东西就是这样,失去了就失去了,你永远也找不到它。

"简直糟糕透了,对吗?"我说。

"就是说,它在告诉你,春天快要结束了。"看上去他很有把握,就像对付他手中的菜刀一样,"我研究过,它还会被染红一次,我是说整座城市。是在初夏的时候,这次是木棉花。"

我站得有点累。我在工具凳边蹲下来,换了一只脚在前面,盯着罐头瓶子。

"你有没有想过那些你曾经拥有过的东西,比如时光,还有人?"我想,他应该知道我问的是什么。

"你不可能再一次得逞。"他胸有成竹,"你以为,月亮每天从西边钻出来,你每天醒一次,也许两次,你就永远不会老?哈!"

他摇晃着身子。我有点看不清楚他的脸。我希望他把头上那顶姜黄色的绅士帽摘下来。

一个小姑娘从小区里跑出来,去追一只流浪猫,用一根刚捡到的木棍用力抽打跃出栅栏的灌木丛,一点也不在乎弄脏了脚上漂亮的红底圆头老人鞋。她拿来两把菜刀。

他依次把它们磨好,速度快得你连喷嚏都来不及打一个。小姑娘拿着磨好的刀跑走了,撵过马路去踢一片风带动的落叶。她是一个不安分的女孩,但长大以后的事情就很难说了。

"你肯定不是他。"风把最后一口烟从他的脸上吹开,他说。

他把烟蒂摁进罐头瓶里,开始收拾家什,打算离去。他把蛇蜕一样难看的皮带从工具凳上卸下来,团成橡胶拳头,用胶皮圈扎好,装进脏兮兮的挎包。

"我是谁?"我问。

"那个带走我女人的家伙。"他说,"他个头比你高。你见过红肚子隐翅虫吗?又瘦又长,你怎么看都别想看清楚它的鼻子,他就是那个样子。"

我看他一眼。我有点明白了,但也不怎么明白。

"七年了,到下周一满八年,"他说,朝地上吐了一口口水,开始卸砂轮,"我跑遍了这座城市,收拾过上万把菜刀,它们都很漂亮,能切出莲花山那样高的东西,但我还没有找到他。"

"你说的女人,是你妻子?"

"我女人。你就没见过那么腼腆的女人。"他有点得意,"我有一个鱼塘,一只胆子很小的狗,夏天的时候,每到黄昏,胖墩墩的母鱼们就会在水面上欢快地比赛跳高,狗围着鱼塘大叫。"他第三次叹息,"但现在也不错,我能见到很多人,还能替他们把刀磨出来,我有了一个好营生。"他把卸下来的砂轮装进挎包里,"我肯定能找到她,对吗?"

就是说,他和我的二手广本一样,把家弄丢了。我觉得这样就说得通了。

我朝四边看。我知道隔着黑色铸铁栅栏,在彩田公园里面,就有大片的凤凰木和木棉花。我知道我们还不是朋友,但这种事情谁也说不准。

我让他跟我走。他有点不情愿,但还是把工具凳架上了自行车。

"你想让我干什么?"他不高兴地说,"我不收废旧物资,那没用。"

我们到了我家。它乱七八糟,像一只没有母鸟关照的鸟巢,它真没有什么值得说的。我从厨房出来,把菜刀交到他手上。那是我唯一的家伙,大概有两年时间它没有被使用过了。

"来吧。"我说。

"不值得。"他看了看菜刀,再看我,说。

"打开你的录音机,它是怎么叫来着?磨剪子咧——戗——菜刀——"

"我可以去光明新区。我只去过三次。我觉得我可以再去一次。"

"试试看。"我命令他,很快在沙发下找到一把裁纸刀,又在卫生间里找到一柄安全斧。

他来劲了。"嘿!"他兴奋地说。

我在屋子里冲过来冲过去,满处翻腾。他脚下很快堆积如山,那里有一些金属器皿、废弃不用的工具、不锈钢碗碟、一堆旧书,还有那把广本车的钥匙。

"别停下来!"我兴奋地朝他喊。

他没听我的。他看了一眼放在旧书上的车钥匙,又看了一眼,伸手拿过钥匙,把绅士帽从头上摘掉,移开目光,朝那只装着不少烟蒂的罐头瓶子看了一眼。我看见,他的眼眶湿润了。

我能说什么呢?你知道,敏感的心都很脆弱。

2012年6月2日

于深圳彩云路

一 步 之 遥

他们在"欢乐谷"玩了一天。他们玩得很快乐。

游乐园大门一开,母子俩就冲了进去,她牵着他的手,他着急地喊,快呀妈妈,快呀妈妈。在冲向"冒险山"的路上,她鞋跟脱落,差点摔跤,孩子把她拉住。但他们没有排队,就抢上了头一班"太空梭",为这个他俩兴奋得要命。在"太空梭"自由跌落的时候,他俩像其他人那样大声叫喊。风掀起她的裙子,她看见他漂亮的脸蛋挣得通红。

"太空梭"刚刚停稳,他们就跳下座椅,脚不沾地地冲向"飓风湾",在那里玩了"激流勇进"和"完美风暴"。他们互相拉着手向前奔跑,他说快呀妈妈,快呀妈妈!她想,他俩是游乐园里跑得最快的母子,一对幸福的母子,这个谁都看出来了。

然后他们继续奔跑,像两匹受到惊吓的马鹿,超过一群慢腾腾的香港游客,返回"香格里拉森林",去玩"雪山飞龙"。轨道车向山下俯冲的时候,天空中飘过一阵小雨,他想站起来,她没让。他一点儿也没生气。他蹙起鼻子对她说,妈妈,我好爱你。她被他萌萌的样子融化了,后悔不该拦他,她可以紧紧地抱住他,这样他会更快乐,她也会。

12点30分,他们赶上了头一场4D电影。那个时候,他已经吃完一整袋奶油爆米花和两杯卡士酸奶,小肚子鼓鼓,缩在座位上快乐地踢椅子腿。她小声提醒他别踢腿。他说错了,是别踢椅子的腿。他俩为他的话偷偷乐。坐在他们旁边的人也乐了。他是一个英俊友善、个头高大的男人,看上去很安静,她觉得这样的男人坐在他们旁边真是再好不过了。

电影很好看,是说地心引力的,万物为什么紧贴大地,不能在空中自由飞翔,失重是怎么回事。但她一点也没有记住那些内容,只知道他在她身边。他汗涔涔的小手握在她手中,她想舔一下他奶油味的手心,但她没那么做。

下午太阳最烈的时候,他们在"金矿镇"坐上了"矿工车",和别的"矿工"一起,大叫着冲出山洪摧毁掉的矿井。她能肯定,他是她见过的最勇敢的男人。他被矿山车的剧烈颠簸吓坏了,脸色苍白,可他一直握着她的手,要她别害怕。他说妈妈,我会保护你的。

离开"漂流船"后,他累了,央求趴在她腿上"眯一小会儿"。"眯一小会儿"是他的说法,实际上,他可是大大地睡了一个懒觉,睁开眼睛之后,他像每天早晨起床时一样,精神焕发,以至于当他们手牵手摸进鬼屋的时候,他恐怖的尖叫声把她的耳膜都震破了。他俩因为骷髅头的突然出现紧紧地拥抱在一起,然后笑得流出了眼泪。

日头偏西时,他们去了"玛雅水公园"。她没有让他玩危险的"羽蛇神环"和"万神滑板",但允许他玩了"太阳迷漩"。他很乖,一点也没有闹,并且在那里交上了一个朋友。那是一个眼球凸出的小女孩,大约四五岁,比他小那么一点,他们玩得很好,就像上辈子就在一起的老朋友。

他们怎么一点也不觉得累?小女孩的妈妈说。

他们是孩子。她说。

她和小女孩的妈妈,她们坐在玛雅人的家门口,吃着从服务区买来的三明治,那种十二块半一份的冷藏快餐。她们都有点矜持,头够出去老远,不让涂抹在西红柿和生菜上的奶昔掉在身上。

太贵了,但味道还行。小女孩的妈妈说。

小女孩的妈妈梳着整洁的马尾辫,穿一条细碎花连衣裙,怀里抱着一只漂亮的旅行包。她猜,那只旅行包里装着一个温馨的家,所以小女孩的妈妈才不肯松开手。她只是不知道,小女孩的妈妈怎么对付甲亢和海绵窦血栓,而且,她们只熬过了四五年,那之后会是一辈子。

她说,是的,还过得去,但我不会让比儿吃这种东西,我更愿意给比儿亲手做,我会用金枪鱼代替劣质肉松,而且,鸡蛋也不会煮得这么老。

比儿是你儿子?小女孩的妈妈扭过头来看她。

嗯。她说。

我女儿叫小错。小女孩的妈妈说。不正确、过失、岔开了、坏,就是那个错。小女孩的妈妈说。小女孩的妈妈说这话的时候很骄傲,这个她一眼就看出来了。

她俩都笑了,把最后一口三明治送进嘴里,然后用发温的矿泉水漱口,把漱口水吐进食品袋里,等一会儿送到垃圾分拣箱里。她们暂时不想起身,眼光须臾不离两个玩耍着的孩子。她们看出小错喜欢比儿,小女孩老是伸手去牵小男孩的手,男孩把自己变成一张弓,手背在身后,躲开小女孩递给他的胖乎乎的小手。不过,比儿很友善,跑去为小错追她吹出去又想收回瓶里的肥皂泡。他一共跑了三次,每一次,当他追上去捉住泡泡的时候,那些五彩缤纷的泡泡都在他手中破灭了,因为这个,小错的脸上现出惊愕的神情,好像那是一个什么奇迹似的。

后来,小错不吹泡泡了。比儿凑在她耳边说了一句什么。她咯咯地笑,捂住肚子喘不过气,瓶子里的泡泡水洒了一地。

孩子的妈妈们没有听见比儿对小错说了什么,但她俩也笑了。

他俩多开心,真是幸福死了。小错的妈妈说。

她点点头,安静地捏着食物袋,琢磨小错妈妈的话。如果幸福真的存在,她想,她已经拥有了。他们有自己的房子,不用支付贷款,房子里有他,他身边有她,世上哪里去找这么完美的事情?她又想,如果还能加上一点——只是如果，只要一点——她想在她和比儿坐上"太空梭"的时候，谁能给她一把电锯，让她把座椅背后的那根钢管锯断。那样的话，她和比儿就能变成一对鸟儿，飞上暗蓝色的天空，那就不只是幸福，而且是完美的幸福了。

她没有来得及把她的想法告诉小错的妈妈，因为对方正在和她说话。

我是单身，小错的妈妈说。就我们母女俩过。

她回头看了小错的妈妈一眼。她说是吗。她说了是吗以后没有再说什么，抬手撩了一下落到额前的散发，把目光转向两个孩子。她不想谈这个话题。她宁愿她们之间说点别的，比如，说点喜欢的事情——总是在清晨跃出海面的蓝鲸、每天洗10次澡的泥龟、有琥珀色眼睛的梵猫，或者喋喋不休的铅笔，说说它们。她和比儿在一起的时候总是谈论这些，总也谈不完，他们不说别的，她觉得，这才是幸福的话题。

我也是。她是说，单身。她和比儿一起过，就他俩。但她没有告诉小错的妈妈。

太阳落下去了。她说。

一会儿游乐园就要关门了。小错的妈妈说。

两个妈妈站起来，一前一后向一旁的垃圾箱走去。

他们在"欢乐谷"玩了一天，玩得很快乐，如果没有发生后来的事情，一切都完美无缺。就像那个人，他知道她怀孕了,一下子失去了主张,一句话也没有留下就偷偷地离开了她,她什么犹豫也没有,决定生下肚子里的孩子。那以后,孩子如期而至,她有过手脚忙乱,有过暗自哭泣,但每一天她都感受到无尽的幸福,同时害怕这种幸福突然消失。

他们站在那儿,向小错和她漂亮的妈妈招手,还有小错手里剩下不多的肥皂泡。然后他们离开"玛雅水公园",手牵手走向游乐园大门。那个时候,比儿突然有些伤感,他说,妈妈,我能不能再玩一次"太空梭"?

已经很晚了,我们得回家。她说。她说的是实话——黄昏已经来临,火焰木叶片上落满了余霞,它们压得树叶沉重地往下堕。再说,他们有很多时间。他们还有一辈子。她对他从来都说实话。

比儿站在那里,好像和谁约定过了,不能失约似的。他咬着嘴唇说,妈——妈。

她站下来,踌躇了一下,但只是一下,很快同意了。

他们返回"冒险山",排进最后一批游客队伍中。比儿不断地扭过脸来冲她笑。她也冲他笑,目光一刻也不肯离开他。她真希望这个时候,有一个人能够看到现在的比儿,看到他健康快乐的样子,只是看上一眼,确定他是一个勇敢的孩子,不会拖谁的后腿,不会让谁的生活一塌糊涂,然后那个人可以头也不回地离开他们,去寻找他自己的幸福。他们不需要谁,只有他俩就够了。

轮到他们的时候,出了点小问题。他们前面排着11个人,到他们的时候,座位只剩下一个了,那是今天最后一个位置,他们要么分开,要么一起牵着手离开。

比儿用乞求的目光看她,脸蛋涨得通红。他没有说一个字,但她觉得,他根本不用说。

她牵着他的手走向那个空着的座位,把他抱上去,替他拉下安全架,检查保险杠是不是锁住了,然后她低下头快乐地亲吻了他的脸蛋。

这是他的"太空梭",他应该得到它,而且他的确得到了。

她退出安全栅栏,没排上位子的几个游客离开了,栅栏外只剩下她一个人,那期间,她的目光一次也没有从他身上移开。

"太空梭"弹射向天空,像一只张开翅膀的大鸟,人们大声惊叫着。她猜那段距离肯定不止人们说的60米。她还猜,比儿一定瞪大了眼睛,看着地面在他脚下快速离去,天空张开怀抱迎接他,因为这个,他开心极了,而她却有点嫉妒。

然后,"太空梭"返回地面。接下来,就是从她嘴里传出的母狼般尖锐的尖叫声。

他不见了,比儿,他不在"太空梭"上!他的座位是空着的，保险杠纹丝未动，但比儿不在那上面！

工作人员跑过来，脸都吓白了。人们拥过来，帮她一起寻找。他们找遍了"太空梭"，找遍了"冒险山"，找遍了周边的每一个角落，却没有找到比儿。有一个染着红发的年轻人抬着头，一眨不眨地盯着天空看，但他失望了，天空中什么也没有。

比儿失踪了。

她度过了一生中最漫长的夜晚。警察留下了最后登上"太空梭"的那些人，把他们领到她面前让她辨认。他们有 12 个，不是 11 个；他们当中的每一个人都准确无误地指认出自己坐过的座位，但这不可能。那 12 个座位中，有一个座位是比儿的，他朝它飞快地奔过去，踮起脚尖往上爬，因为够不着座位，还回过头向她投来求助的眼神。她帮他坐上去。他的脸上带着红扑扑的欣喜，然后，她亲手为他拉下了安全架。她不会记错任何细节。

但 12 个人全都言之凿凿，发誓自己没有撒谎，他们每一个人都在最后一班"太空梭"上，他们只是说不清，在他们那 12 个人中间，是否有过一个快乐的小男孩儿，他们谁都说不清这一点。

警察被弄糊涂了，他把 12 个人当成拼图积木，一次次地组合再拆分，想弄明白，他们当中谁看到了那个失踪男孩儿、谁看到了另外的 11 个人、他们怎么确定他们自己就在最后一班"太空梭"上……

她知道警察是好人，他们都是好心人，但她不相信他们的话。她也不相信，比儿一句话不说就离开了她。

黎明到来的时候，她返回"冒险山"，在"太空梭"四周走来走去。她看见一条短尾灰蜥蜴快速爬进牛眼菊下，还有一只红带尺蠖蛾，它被露水打湿了翅膀，它落下的地方，像一座微缩的峡谷，在那里，有一块蛇纹岩在黑暗中闪烁着幽光。

她看见了什么。她朝"太空梭"走去。她在那里，在比儿昨天坐过的那个座位上看到了一片鲜红色的栎树叶。她在"太空梭"边站了很久，蹲下又站起来，然后小心地伸出手，从座位上拿起了那片树叶。

锯齿叶上滴落下一颗露珠，它的样子，就像一个张开胳膊飞翔的孩子。

她哭了。

她试图回忆起发生过的所有事情，每一个瞬间，每一个细节。她能确定，比儿没有走多远，他说不定就在附近，他和她，他们只有一步之遥。

2014 年 4 月 14 日
于深圳梅林数叶轩

坐着坐着

天就黑了

一

天色暗下来，麦冬把最后一车收集好的落叶推到梅林路口，转移到垃圾储运箱里，喝掉剩下的半瓶矿泉水，留了点水尾子，简单洗了洗手，把工具车推到北林街，在梅林公园古荔区大门对面的马路牙子上坐下，等待天黑。

隔着马路，荔枝在渐趋浓郁的山岚中静静看着麦冬。

夜幕是个煞急的汉子，匆匆攀上塘郎山，躬身跳过高高的树梢，沿着梅林水库往山下奔来。麦冬猜，夜幕是想从他手中抢走荔枝。他能感觉到荔枝在黄昏的微风中轻轻颤抖，他不能确定，那是因为荔枝感到快乐，还是害怕。

现在，麦冬不可能再做别的事情，下班的人们很快会返回家，或者从家里出来，鱼贯走进公园，散步，打太极，舒缓心情，挽留健康，或者寻找一直不肯现身的独特嗓音，麦冬不能在这个时候把马路上的灰尘扬起来，扫大家的兴。

而且，麦冬知道，还有几分钟，那个女人就会出现在公园附近。她总是很守时。

麦冬一直很感谢那个女人。她看不出年龄，有一张南方人特有的脸，目光执着。她出现在龙尾路差不多有三个月了，一次也没有冲他大声喊叫过。她每次都从梅林路方向过来，仰着头从麦冬面前走过，在公园东侧那排高大的红棉树前停下，激动地走来走去，冲着天空大声说话。

"你们很丑，全都很丑。"她威胁着对暗下去的云朵举起单薄的拳头。

"请你们说清楚，我做错了什么？"她认真地偏着脑袋质问它们。

她的珐琅质牙齿在薄暮中闪烁着瓦蓝色的光芒。她会在那里和云朵说二十分钟话，直到它们消失在天空中，再也看不见。

麦冬可以作证，那些乱糟糟的云朵，它们只是急匆匆来，急匆匆去，一次也没有理睬过她。

麦冬31岁，是一名保洁员，负责打扫这座城市的一条街道。准确地说，街道的名字叫龙尾路，位于离中心城区不远的塘郎山脚，附近有一座公园、一所小学、一家危险物品处理站、一座关押重要人犯的拘留所，几乎没有建筑工地，那个规模不大的住宅小区，生活垃圾严格按照分类法处理，所以，麦冬的工作环境并不复杂，他要对付的主要是落叶。龙尾路从塘郎山脚通向梅林路，沿路满是高大乔木，榕树、木棉树、人面子、火焰木和大叶紫檀，它们在整个四季都在生长和掉落。每隔两天,麦冬会和另一名同事静静站在梅林路路口,等着所里派卸载车来,把大量树叶拖走。他站在那里的时候,路人会把他看成一棵树。

麦冬喜欢龙尾路,他觉得这条安静的街道就像一位患上了失忆症的父亲,害羞而紧张地怀疑每个匆匆走过的路人都是他的儿女。麦冬奇怪地认为,这条街道有点像他,不同的是,那些走过的人当中没有荔枝,荔枝在公园里。

路灯在七点钟准时亮了,夜色在路灯亮起的一瞬间突然降临,塘郎山消失在夜幕中。

现在,麦冬可以下班了。

麦冬从马路牙子上站起来,推着工具车离开北林街,朝"阳光天下花园"小区走去。一只有着粉红色羽翼的山椒雀斜着身子冲到他前面,从路边啄起一根优化乳吸管,激动地朝塘郎山方向飞去,接下来,那里的某个草丛中,会有一场小小的家族狂欢。

二

麦冬走进"阳光天下花园"地下车库。正是车辆归库高峰期,发动机的运转声和车胎摩擦地面的刺耳声在地库里撞来撞去,那些声音像一些找不到家门的顽皮孩童,喜欢试试每一道墙和每一个角落,快速推动它们,然后跑开，去另一个地方寻找回家的通道。

麦冬走进负二层的工具间，将防风垃圾铲、垃圾收集器、带轮垃圾斗、吸污机和垃圾车洗干净，把垃圾分拣袋清理好，开始捆扎扫帚。工具间是社区工作站向"阳光天下花园"物业公司租赁的，供麦冬和另一位同事存放工具，充当更衣间。每过两天，麦冬都会把扫帚重新捆扎一次，让它用起来更顺手。捆扎扫帚比清扫垃圾要容易得多，比清扫来去匆匆的岁月更容易，麦冬干起来很从容。麦冬喜欢捆扎扫帚的工作，每当这个时候，他都安静地坐在工具间中央，隐约听着身边粗糙的钢筋混凝土浇铸件中传来多年前建筑工们遗落下的神秘交谈声，一点一点把扫帚绑扎结实。

麦冬的摩托车也停在工具间里。10个月来，它一直停放在角落里，从来没有离开过。一辆仿GP赛车，值得期待的伙伴。每过一段时间，麦冬就会仔细把它检查一遍，确保它能够随时冲出车库，以160公里的时速行驶在京深高速公路上，这也是为什么麦冬会选择4缸引擎和高转速短轴距性能车的原因。

总有一天，麦冬会离开这里。

总有一天。

麦冬捆扎好扫帚，将它归整在角落里。现在，他可以离开车库了。

没有人知道，在"阳光天下花园"B座，麦冬有一张七尺长的床垫,并且在那里度过了整个秋天、冬天和春天。他还要在那里待过初夏季节,那张床垫够用了。

通常,麦冬会从车库里进出大楼,避免与人接触。这是杨铿锵为麦冬设计的路线。这个星期杨铿锵值白班,他叮嘱麦冬,夜里八点半业主返家高峰结束前,不要出现在大楼里,不要走大堂电梯间,以免引起业主和当班保安的猜疑。

杨铿锵是"阳光天下花园"的保安组长,快四十的人,个头矮小,身体结实,有一个爱因斯坦般巨大的脑袋,一双不成比例的大手,让人怀疑,他手里攒藏着一大堆《相对论》的手稿,随时可以亮出来吓人一跳。杨铿锵的另一个身份是麦冬的室友,或者不如说,麦冬的二房东。他用麦冬支付的租金,在"阳光天下花园"B座3A为他俩租下两居室物业中的那间客厅。业主是一对长年在新加坡工作的医生夫妇,他们相信杨铿锵。杨铿锵是老资格的保安,在保安公司有良好的星级记录,包括一次与两名盗窃者搏斗事迹和一次翻窗救下坠挂在空调散热器上的孩子的勇敢经历,那两次他都受了伤,这为他积分入户的万里征途赢得了若干步奖励。业主希望善良勇敢的保安组长杨铿锵发扬光大,替他们照看好长期不会使用的物业,因为这个,他们只向杨铿锵象征性地收一点租金,而杨铿锵是这份可贵信任的承受人,有充足的理由要求麦冬承担这笔费用,同时一点也不脸红地克扣下麦冬支付的市价房租的大半数额。

从龙尾路走路不到30分钟，向东到上梅林，向西到下梅林，那里的城中村中有大量从8人到12人合租的鸽笼房，一张床只需支付300元。麦冬宁愿花2000元在龙尾路上租下一间客厅，而且睡在铺在水泥地上的床垫上。在这座城市，麦冬唯一的牵挂就在梅林公园，他不会去别的地方寻找住处。

麦冬脱下反光安全背心，去水龙头边洗过手，沿来路离开车库，回到龙尾路。一辆白色的比亚迪轿车从梅林路方向驶来，停在龙尾路东的路口，驾驶座上坐着一位戴无镜片眼镜的年轻女人，她凝滞在车里，目光中有一丝犹豫。过了一会儿，年轻女人把车开到"阳光天下花园"旁停下，继续凝滞。也许她在考虑是否下车，走进灯火通明的大楼，去找某个人。但她终于把车开走了。

很多时候，人们总是犹豫不决，小心翼翼地觊觎脚下的半尺阴影，躲开那些本该拥有的亲人或者爱人，让必然的生活结果变得越来越少，最终让自己成为偶然性的无期囚徒。在整个事件中，建筑扮演了一个猥琐的媒介，它的最大功能是把人们割断，同时囚禁误解。相爱的人常常被分隔在两套单元中，终日厮守着自己，在黄昏到来时，按时伤透彼此的心。

这么说，生活就是建筑，人们总是在活着的时候，迫切地为自己寻找一所监狱,让自己成为监狱中的囚徒,然后从那里直接抵达坟墓。

城市也一样。

麦冬在这座城市没有亲人。这座城市曾经充满活力,成为大量内地人向往的地方,奇怪的是,长期以来,它却被对它充满欲望的内地人轻蔑,同时被一河之隔的香港排斥,不到40年,作为世界上最年轻的大都市,它已经耗尽了激情,流露出足够的衰老和胆怯。

麦冬的亲人在内地另一座城市,那座城市叫武汉。麦冬的亲人对他固执地背井离乡,跑到伶仃洋边这件事情感到强烈不解。他们不能接受他为一个已经离开他的女孩做出这么大的牺牲,何况,麦冬的行动本身充满了危险。生活不可能重新来过,城市不可能回到蛮荒和青葱的乡镇模样,人们也不可能再年轻一次,麦冬那样做实在幼稚。

麦冬向梅林公园方向看去。公园在夜晚变成了另外一种样子,让人认不出来。麦冬不知道公园里的生命在夜晚是不是也会变化。如果是阳光明媚的黄昏,通常路人稀少,麦冬会坐在公园门口,和他的扫帚一起,一块守护着荔枝,静静地看一片片树叶从枝头缓缓落下。麦冬喜欢在那个时候猜想,那些树叶活着的时候,除了轻佻的晨风、惊慌的豹斑蝶、好动的红颊鸭、警惕的肥鼹,那些正在坠落的树叶的生命中,还发生着什么?麦冬那么猜想过后，会对空空如也的公园大门咧开嘴笑一下，轻轻叹口气，起身离开那里。

他知道，荔枝会看见他。

总有一天，他俩会一起回到家乡去，那里有两条著名的江河，有潮湿闷热久不消却的夏季，以及一些流传至今的古老的杨柳枝歌谣，他们不会感到陌生。

三

夜里9点，麦冬回到"阳光天下花园"车库，从那里搭乘B座的货梯上到三楼，返回3A住处。

屋里开着灯，杨铿锵已经回来了。也许一整天他都没有离开B座3A，这取决于今天他是不是休班。客厅北边通向露台的落地窗被厚厚的窗帘遮住，杨铿锵在练习走路，麦冬进门他也没有停下。他用一种看上去十分奇怪的步子，从客厅的一个角落走向另一个角落，停下来琢磨一阵自己的步子，再以同样的姿势走回原地。他脑门上浮着一层细微的汗毛毛，也许之前他还练习过一些别的什么，这得看麦冬昨天教过他什么内容，他今天需要练习什么。

"别夹着腿走路，让人看出你是一个逆来顺受的听命于他人的人。"早先一段时间，麦冬会忍不住批评他，"别耸动肩膀，那只能说明你在担心和回避，缺乏担当。"

杨铿锵站下来,张大嘴困惑地看麦冬,一条腿像受了伤似的拖在身后。他下意识地把下颏往回缩,这让他一点都不像握有相对论解释大权的爱因斯坦。

"别像孕妇那么夸张地站着,"麦冬放下手中的水杯,指着杨铿锵拖在后面的那条腿,"你没有生育孩子的能力,腿稍微叉开点就行。对了,这样好多了。现在往前走,放松,保持舒适和自信的状态,告诉别人,你习惯使用权威,你说了算。"

杨铿锵慢慢提起双肩,像一只想要缩回脑袋的加拉巴哥象龟,迟疑地考虑要不要迈出那一步。他拉了拉衣领,好像那件在淘宝上花15元买来的仿棉衬衣是萨德导弹防御系统,压得他喘不过气,他需要卸下这个包袱。

"别这样,"麦冬不耐烦了,这套动作他教过他不止一遍,实验鼠都学会了,"别告诉人们你对你做的事情缺乏信心,胸膛挺起来,目光自然地投向前方。好了,走吧。"

杨铿锵可怜地看了麦冬一眼,僵滞脖颈慌乱迈出脚步。他踢到自己的脚跟,差点摔倒。

"是什么让你张皇失措,非得贴着墙根走?"麦冬的忍耐到了极限,"说了一百遍,走路的姿势表现你的性格、情绪和态度,步履沉重、悄悄潜行、拖着脚步、踮着脚都会让你露出破绽。你有充分的理由占据主道,用不着改变姿势和步伐,去适应迎面过来的人,除非一辆失去控制的载重货车冲向你。"接下来,他差点没被慌不跌地的杨铿锵气炸,"不,不不,你不是查理·卓别林,别那样刻意和夸张!"

杨铿锵终于不知所措地站下,额头上冒出热气。他的两只大巴掌无辜地摊在那里,看上去,他手里并没有完美解决高速运动问题的相对论手稿,因此超级不爽。

"你手里攥着炸药,非得撒开吗?"麦冬哭笑不得,被对方的反应弄得同样不快,"我说过,如果你想表达自信,那就使用塔式手势。那些成功的企业家、法官、政客和军人身上,你看到的就是这种保留式手势。如果你需要人们的信任,在陈述事实时,别摊开你光秃秃的巴掌,那是在乞求。手掌向下,你只需要说明情况。"

"请,不要用这种口气,和我说话。"杨铿锵愤怒地盯着麦冬,像大人物似的朝天花板举起食指,好像他打小没有习惯使用塔式手势,完全是麦冬的责任,他没有成为一个成功人士也归麦冬负责,"请,按照我俩的约定,和我说话要有礼貌。"

麦冬不无嘲讽地笑了一下,以此代表下课的铃声。他绕过杨铿锵,走进厨房去做饭。

他们只租下了这套物业中的客厅,不是全套。房子没有装修,业主允许杨铿锵使用厨房和客卫,其他两个房间连同主卫的门锁上了。麦冬和杨铿锵两人都没有长期住下去的打算，房间经过简单打扫，麦冬在网上淘了两张单人床垫、一张简易桌、两把折叠椅和两个两门衣柜。杨铿锵和这个楼盘的业主们的关系不错，他弄来一些业主淘汰掉、品质不算差的厨具和一台洗衣机，这为麦冬节约了不少开支。

目前的花销，麦冬还掏得起。以他的经济能力，他甚至能够按照市价租下整套物业。但他觉得没有必要。

麦冬泡了几只楚雄产野山菌，大米淘洗过后滴上少许植物油，用电饭煲煲上，洗了两截腊肠，切片，准备等水快煮干时连同野山菌和姜片一块放进去，米饭快焖好时再放胡萝卜和西兰花菜，打两只蛋，再煮5分钟，关火，焖15分钟，淋上老抽、生抽、蚝油、香油和砂糖调制的味汁。一道既节约时间又能保证营养的腊味煲仔饭，麦冬到这座城市住定后就决定选择它作为平时的晚餐食谱。

杨铿锵拒绝做饭，他只负责吃。偶尔在路边便民车收摊时，他会买一些折扣菜和快变味的猪肋骨回来，至于洗碗和收拾厨房这些家务活，他绝对不做。杨铿锵不喜欢腊味煲仔饭。麦冬刚搬进B栋3A时，以为这与湖南铬大米事件后南方人的公众心理阴影有关，后来知道不是。杨铿锵正在适应一种全新的生活方式，这种生活方式排斥腌制品以及一切不健康的粗俗饮食，同时决定他不用亲自做饭、洗衣和整理内务。按照杨铿锵的解释，在不久的将来，他的个人生活均应由管家团队打理，只是，这个团队眼下还在计划中，家务活暂时只能由麦冬替代。如此，麦冬做饭时，总会为杨铿锵拌一盘生菜，或者煮一锅皇帝菜，用红椒丝、豉油和沙茶酱调味，这样，杨铿锵的肚子就不会在40岁以后绝情地隆起，因为过早发福的体态而破坏掉他的人生计划。

杨铿锵的人生计划非常宏伟，他准备把自己变成另一个人——不是另一个自己，是另一个别人。这件事听上去有点不可思议。更不可思议的是，杨铿锵打算变成的那个人，是个非常富有、权力无比的人。

计划的大致内容是，在杨铿锵的想象中，有这么一个男人，他资产数十亿，在行业中的影响力涉及整个东南亚地区，是典型的成功人士。杨铿锵正在努力学习，让自己成为这位成功的大富翁，学着像他一样看待世界、思考问题、举手投足、说话和做事。为此，他花了整整3年时间来实施这个变身计划。按照杨铿锵的解释，只要他有足够的决心和毅力，坚持下去，总有一天，他会从自己的身体中消失掉，他的躯体中会生长出那个想象的大富翁。

"我们都会消失在这座城市里，"杨铿锵心不在焉地扒拉着碗中的煲仔饭饭粒，很有把握地告诉麦冬，"你滚回老家，我留下来，以新人的面目出现在人们面前。"

第一次听杨铿锵说他的计划时，麦冬忍不住笑了。那是他俩刚认识的时候，离现在有几个月了。麦冬很长时间没有笑过。两年了吧。他觉得这是他听过的最不可思议的"人生计划"。你可以把它叫作励志什么的。但无论灵魂升天已经七十多年的西格蒙德·弗洛伊德怎么歇斯底里地强调幻想是创造力和精神生活的核心，麦冬也想象不出，没有任何背景，连中专都没有读过的杨铿锵，怎么才能做到身为一名地位卑贱收入寒酸的看门人，却揣着一副画卵雕薪的富翁肚肠和强大到足够支持妄想的心脏。麦冬实在受不了杨铿锵趾高气扬的口气，直截了当要杨铿锵去男科医院检查一下生殖器官——杨铿锵意识层面的幻想目标是个强有力的男人，这和他本人的实际情况相距甚远，这种幻想性行为在潜意识中属于典型的自我悲观心理病案，病因指向生殖器的弱小和无助，患者在为他可怜的小弟弟寻找一个强大的替代品。

麦冬没想到，他好心劝告的结果，却令他自己颜面扫地。

杨铿锵毫不犹豫地解开腰带，扒下底裤，向麦冬展示出他硕大无朋的家伙，愤怒地告诉麦冬，他和好几个女人睡过，前任是在龙岗一家电器厂打工的同村村花，因为他决定改变自己，才毅然断绝了和女人的联系，无论村花还是用神器约来的女人，她们都可以证明，他之前给她们带去了多少意外和惊喜。

麦冬知道自己碰上了一个自恋型强迫症患者，他开始同情杨铿锵了。也许杨铿锵应该邀请他妈妈一起来共同完成他的伟大计划，那样他就能和自己的妈妈生活在一起，在变成大富翁的蝶变过程中，用不着吃腊味煲仔饭和喝大麦茶了。假使杨铿锵在高度仪式化的情景体验中能够再往前迈一步，幻想不是他，而是由他妈妈嫁入五陵连云的豪门，成为一位病入膏肓而又无后的老富翁最后一任妻子，那么，他用不着等太久就能完成他的变形计划，不会吃那么多苦头了。

饭做好，麦冬叫杨铿锵吃饭。杨铿锵不高兴麦冬打断他练习，但也没说什么。他俩站在厨房里，分别吃完自己碗里那一份，其间一句话也没说，然后杨铿锵把碗筷丢在水池里，回到客厅继续练习。

这一次，杨铿锵换成表情练习。他对着一面镜子认真地练习富翁标配的率真、害羞、腼腆、谦逊、诙谐、思索、自信、奉承、微笑、大笑、满足、幸福、快乐表情。他投入的样子，活像一出哑剧中生涩的实习生。

麦冬洗完碗筷，回到客厅，清理两人要洗的衣裳。他站在那儿看了一会儿。他想告诉杨铿锵，人的表情不止这些，单纯的良性情绪无助于杨铿锵在完整塑造目标的表情和人格上获得满分，杨铿锵要学会幻想中偶像的情绪表达，还得加上皱眉、叹息、惊讶、紧张、压力、恐惧、忧虑、小心、笨拙、厌烦、受伤、沮丧、坐立不安、痛苦不堪、生气和愤怒训练，对富翁来说，这些表情也许更真实。

但麦冬最终什么也没有说。他希望杨铿锵一直这么练习下去，别来打扰自己。

在等待洗衣机完成全部洗涤程序时，麦冬站在厨房朝北的窗户前朝楼下看。物业公司在大楼前平台上摆放了大量盆栽植物，非洲紫罗兰和金娃娃萱草之类。它们本来长在厄立特立亚平原炎热的阳光下和丹佛山区滋润的雾气里，自然有序，如今被人们从泥土中挖出来，改为盆栽，人们却不知道它们的前世。花盆是水泥浇铸的，用某种工艺仿制成陶器。麦冬在想水泥的前生，它们是石灰石或泥灰岩，是另类泥土，如今，它们从自己兄弟手中夺下植物，成为植物的囚禁和戕害者。

子夜到来前，麦冬洗完衣裳，冲过凉，结束了当天的一切工作。杨铿锵已经睡了。他在练习上遇到了麻烦，有点苦闷，不像往常一样，热衷于缠着麦冬讨论富翁与人交往时关心的那些问题，这让麦冬松了一口气。麦冬把灯关上，去床垫上躺下。

在整个春夏交际的夜里，麦冬的头发像一座奶牛场，一直散发出奶香味道。他静静地躺在那里，一只手从被单下慢慢抽出，伸进空气中，感觉他的手正在穿透某种薄暮般的隔膜，探向一个未知的世界。

麦冬让手停留在那儿，让它像一只渴望生长的罗汉竹笋，决不再回到闭合的泥土中。

他和它会一直那样，直到黎明到来。

总有一天，一只柔弱的小手会隔着冷冽的空气怯怯地伸过来，触碰到麦冬的手，然后轻轻抓住它。

麦冬知道，荔枝在那边，她会找到他。

四

凌晨五点半，麦冬推着他的工具车准时出现在龙尾路上。没有人注意到他是怎么出现在那儿，他从哪儿钻出来，走上树叶飘零的街道。

人们从不注意麦冬，他们在意的是路上是否有过多的落叶。无论哪个季节，落叶都会让早起晚归的人感到岁月逼催，心情黯然。他们快步走过麦冬身边，躲开麦冬和他的扫帚，害怕碰上他和它。麦冬会在他们快要接近的时候停下来，等待他们从他面前走过，然后继续清扫落叶。麦冬不负责和路人打交道。你无法讨好行色匆匆的路人，赢得他们的喜爱，也无法帮助他们走出经久不散的抑郁情绪，这一点，麦冬比谁都清楚。

通常，麦冬打扫完龙尾路上的落叶，会顺便把北林街上的落叶打扫干净。北林街是龙尾路的一条岔路，距离不长，属于另外一个保洁组管，但麦冬愿意多出一份力气,把这条安静的小路打扫干净,因为梅林公园古荔区的大门就在这条路上,荔枝就在公园里。

和往常一样,麦冬开始工作前,会坐在马路牙子上,向梅林公园里看上一会儿。5分钟吧。此时,公园门口有一位困惑地朝山上看的老人、一个锻炼完身体打算偷偷抽一支烟再回家的中年男子、一只可能受到野生同类袭击而闷闷不乐夹着尾巴离去的流浪猫。现在,公园是安静的,塘郎山也是安静的,天地之间那片弧形空域间,浮现着光线丰富的云层。麦冬猜不出那里藏着一些什么,但他相信,那里会有一些他熟悉的人。

天还没有亮,麦冬开始了他的工作。

街道两旁的树木是安静的生命,它们对麦冬熟视无睹。落叶铺陈在路上,如果没有人经过,它们静静地躺在那里,有一种令人伤感的没落。经过路人践踏后,它们会变成一小堆一小堆褐黄色的碎屑,沿着路面铺向远处。风一来,如雨的树叶纷纷从枝头坠落,蜂拥蝶舞。每逢这个时候,麦冬就会停下来,像一个旁观者,安静地看树叶和叶屑顺着风,跟着路人,飞出一段,再落下来,这让麦冬和他的工作关系呈现出朴素本色。

麦冬喜欢他现在干的这份工作。

除了简单的工作餐时间,麦冬基本上不休息,他会连续工作12到14小时。现在他停了一会儿。

一个模样不到两岁的孩子兴致勃勃朝麦冬走来。孩子刚学会走路，他身宽体胖的祖父或者外祖父跟在他身后，认真地为他数数。孩子拎撒着两只小胳膊，摇摇晃晃向前走，看上去每一步都很危险，接下来会摔得头破血流，但他成功地从麦冬身边走过，留下一串喜悦的欢叫。

有一阵，麦冬看见一只困惑的红颊鸭，它站在公园前的台阶上，目光穿过不断落下的树叶，和麦冬的目光相遇。它高高竖起的冠羽和红色的脸颊使它像害羞极了的少年。麦冬的心里有一种淡淡的感动，没来由地想，也许它不是它，而是另一种生命的他。

麦冬来到这座城市只有10个月，做保洁员的时间不到10个月。他前一个身份是退役政府公务员。这个身份保持了一年零两个月。再往前，他是一名刑事警察。

麦冬希望那些被他用92改警用手枪打碎脑袋的人，那些被他用枪口顶住脊梁，最终进了班房的人，能够尽快忘掉他。他希望他们中间的有些人不要在阴暗的监狱里待得太久。他还希望——几乎不可能——他们的亲人不会因为在漫长的岁月中不断地诅咒他而增加更多的苦恼。

下午3点多钟，麦冬打扫完龙尾南路和梅北西路，趁这个工夫，他去梅中路上一家快餐店要了一份番茄炒蛋盖饭，找一个僻静处很快吃完，然后继续工作。黄昏到来的时候,他已经打扫完北林街,接下来,他将自己责任地段的28个垃圾箱里的垃圾清理走,换上干净的垃圾袋,将分拣好的垃圾拖到梅林路路口,与其他社区收集来的生活垃圾堆放在一起,然后返回北林街,在公园对面一棵大叶榕下坐下。

现在,他可以休息一会儿,等待天黑了。

从麦冬坐着的地方,可以看到梅林公园古荔区的一部分,再往上,就是梅林水库。公园是塘郎山南麓余脉,最早是一片植被茂密的山岭,一些岭南典型的热带植物、动物、鸟类和昆虫祖祖辈辈生长在这里。差不多40年前,第一批从内地蜂拥而至的外省人来到这里,砍掉植物,盖起梅林小区,在山脚下修建了一座大门,将剩下的地方建成一座郊野公园。

麦冬不知道当年那些外省人,他们现在在哪儿,有多少人成为落地移民;他们从关外翻越铁丝网入关的时候,是不是潜藏在塘郎山的山岭中,任冰冷的闪鳞蛇攀上后背,再贴着皮肤滑开,恐惧陡生,自尊尽失。汗水渍疼他们的眼睛,他们咬着手指啜泣,在心里发誓,今生一定要做人上人,将后代生在此地,成为家族令人敬仰的新晋祖先,而不是无人知晓的植物和昆虫。他们当中有人已经离开了人世,有人一事无成地离开这座城市,返回内地,或者去了香港,以及澳大利亚、欧洲或美洲。麦冬很想知道,那些活着的人,他们是不是还记得这座公园。如今，麦冬逗留在塘郎山脚下和公园东家西舍。在此之前，他去过不少地方，不知道还会去多少地方，在那里停留多久，这取决于他是否在那里思念过一个名叫荔枝的女孩儿。

麦冬常常无法摆脱这样的念头，他在想念荔枝的时候，她在做些什么？她会不会有一种突然袭来的灵感，因此放下手中正在做的事情，四处张望着寻找他，或者哪怕稍许想到他？麦冬确信，他已经失去她了，但她真的不再记得他了吗？真的对他一点点记忆也没有了吗？

荔枝有一双无与伦比的眼睛，那是麦冬知道的世界上最美的眼睛。麦冬喜欢她赖在他怀里，喜欢她在听他说，他用枪口指住罪犯的时候，睁大眼睛吃惊地瞪着他时的样子。麦冬希望荔枝知道，在他潜入无边黑暗时，他有多么顽强，在他扑向罪犯的时候，他多么有力量，他能做到他想做到的一切事情。他会提醒她，她可以睁大眼睛看着他，但完全没有必要做出吃惊的样子。

有一天半夜，麦冬突然从沉睡中醒来。他发现荔枝站在他床前，穿着那件他熟悉的公主睡袍，目光明亮地盯着他。

她问："你还活着吗？"

又问："你会被坏人打死吗？"

麦冬记不清他是怎么回答她的。应该没有。也许他还沉浸在方才的噩梦中。他记不清自己有多少次没有回答她的问题。回答不了。麦冬只是无法忘记她的眼睛。她的眼睛在黑暗中非常明亮,那是因为恐惧而发出的光芒。

麦冬不能告诉荔枝,他的世界,她无法理解,也不能进入。他甚至无法向她解释,他在从事什么样的工作。危险的罪犯是他工作的对象,他必须用暴力手段尽可能多地解决掉麻烦——用引诱和胁迫掌握线人,用鞋尖和枪柄制伏罪犯或嫌犯,在第一时间把自己变成一头完全疯掉的比特犬,在3秒钟内把对方的脑袋咬下来,只有这样,他才能制伏比他更聪明更有力量的对手,或者从他们手中脱身,保住性命。

麦冬害怕荔枝知道他生活中的丑恶和残酷。那几乎是他生活的全部。它们不由分说地主宰着他。他希望自己是一个天使,或者说,他曾经是,想要一直是。但天使不可能战胜魔鬼,这就是他注定的命运。他只能做魔鬼,而且是在黑暗中最强大的那一个。

在已经活过的31年中,麦冬没有富裕过,也没有贫穷过。他没有参加过战争,也没有遭遇过瘟疫,只是在电影里看到过火山爆发、海啸和地震。他离它们很远,但他却把荔枝弄丢了。

天色快速暗下来,路灯亮了。现在,麦冬可以离开北林街,回到"阳光天下花园"车库,清洗好工具,并且再一次检查他的机车了。

五

和前一天,以及很多前一天一样,不当班时,杨铿锵会一直待在B栋3A,发狠地完成麦冬给他布置的作业,然后用蹲马桶的时间练习潮汕话。这是杨铿锵为自己制订的课程,就像很多来岭南捞世界的北佬所做的那样。只是麦冬搞不懂,大多南下打拼的人,他们学的都是广府话或港式白话,源自闽南莆田的潮语只在固执的河洛民系人群中使用,反倒是小语种了,杨铿锵的选择有点奇怪。

白天,如果阳光不错,杨铿锵会从小区里出来,和在龙尾路上工作的麦冬说上两句话,然后撇下麦冬,热情地去帮助小区业主们做这做那。杨铿锵是个热心快肠的人,有公益心,看见谁遇上困难就忍不住伸手帮忙。只有麦冬知道,杨铿锵给人帮忙的时候,身体里活着一位虚拟的大富翁,内心充满了居高临下的存在感。

麦冬知道,很多人都有想变成别人的愿望和冲动,但他从没听说过,有人固执地要用想象去实施这一计划。他觉得这种事情太可笑。麦冬有点替杨铿锵难过,他把异想天开的室友看作物欲时代爱慕虚荣的移情典范。他想起自己7岁时,有一次,把一片不想吃的肥肉偷偷丢给一只狗,妈妈忧郁地看着他的悲悯眼神,从那时起,麦冬就知道,人们不是在为自己活着,他们注定要把自己变成另外一个人。

麦冬经手过一个案子,他抓住了15岁的嫌犯,这个身体单薄的少年残酷地杀死了3只狗和11只猫,并且用绳索勒死了一名老年乞丐,作案动机只是因为他妈妈多次向邻居埋怨他长得不好看。他认为正是这个原因,父母才不断地打架,而他不希望人们知道这个秘密,那些被害者看他的眼神,让他怀疑它们和他知道了这个秘密。

在另一个案件中,两名嫌犯落网。麦冬和同事们简直惊呆了,他们没有想到,制造了8起总价过千万的跑车焚毁案的江洋大盗,竟然是两个四肢修长、貌美如花、家境富裕的少女,她们作案的动机,不过是因她们认为,自己乳房小,全怪疾速的风造成,她们决定让世界上所有的跑车都从人间消失掉。

住进"阳光天下花园"B座3A后,麦冬很快发现,杨铿锵也是一个嫌犯,只不过,他不是少年杀手和平胸少女,他头脑清醒,意志力强,始终不渝地在网络上搜索一些和富翁生活有关的信息,热情洋溢地参与网上财富论坛讨论,他给自己取了一个网名,叫"等待配型的知更鸟",这个名字相当有创意,看上去,这个变装者毫不怀疑自己能够凭借虚拟现实来完成一次疯狂的生命置换,并且一点也不觉得自己的计划有什么可笑之处。

麦冬不是"等待配型的知更鸟"计划中的一部分，他偶然中闯入了杨铿锵的私人生活，而杨铿锵恰好又需要他这个闯入者。

杨铿锵需要把自己变成另外一个人，麦冬的出现帮助了他。麦冬让杨铿锵知道，他一点也不像自己的目标对象，为这个，他差点儿宰了麦冬。

那是9个月前的事情，麦冬来到这座城市两个星期了，他去梅林公园看望荔枝，在那里遇到一个小个子中年男人。小个子中年男人在草地上打太极拳，他穿着一套舒适的春秋季限量版休闲装，体魄结实，手掌出奇地大，身体有点下意识地向一边倾斜，好像要去捉那些在他身边飞舞着的黛眼蝶。麦冬路过时，他停下练拳，和麦冬搭讪，向麦冬滔滔不绝地讲述他曲折的人生和奇迹般的成功史——一个父母和老师都不喜欢的孩子，20世纪70年代末赶上最后一批逃港大潮，拼死泅过深圳河到了香港，受一位令人尊重的隐性富翁照顾，经过打拼最终走上财富之路，成为一名成功的商人和慈善家。

在这座城市大大小小的公园里，你总会见到一些老男人，他们当中有人在上个世纪七八十年代从内地来到珠三角地区，有一段不与外人道的打拼史，三两栋价格不菲的物业，几段婚姻或情事，数个公开或匿名的子女，40年后他们老了，做不到叶落归根，开始在这座城市养老，身边却连一个亲人也没留下，只能以阳光和变幻莫测的天气为伴，打发所剩无几的日子。所以，这座城市的200多座公园不收门票，成为流浪猫狗和成功老男人的盘桓场所。但这位急切地想和随便什么人攀谈的中年男子显然不是他们当中的一个。麦冬对财富传奇故事的主人公充满尊重，他只是不想被人毫不商量地拦下，扰乱他看望荔枝，这个自以为是的男人的无端纠缠破坏了他的情绪，因为如此，他教训了那个男人。

"如果像你说的，"麦冬瞟了一眼中年男子巨大的手掌，然后看着他的眼睛说，"你是一位令人尊敬的成功人士，就别把手指交叉起来，别把拇指插进裤子口袋，别像害怕从妈妈身边走失掉的孩子，紧张地揪住衣角，那是地位低下和自卑者通常的行为。"

"什么？"中年男子愣住，一脸无辜地看麦冬，"你胡说一些什么？"

"没有任何成功的商人愿意穿着水版Armani到处招摇，"麦冬并不打算饶过对方，"你还没有老到能在70年代末泅过深圳河，爬上新界的河界，然后去警察局领取临时入境证，除非你是哪吒小子，能在3岁之前学会蝶泳，并且以每秒820米的奔跑速度逃过边境公安的54式自动步枪子弹，"看见对方意乱神迷，麦冬心里涌出一丝罪恶的快乐，他决定把对方钉死在谎言的耻辱柱上，"而且，在说到你了不起的致富经历时，你干吗要眯起眼睛、脖子僵硬、鼻翼扩张？你想掩藏什么，不光彩的成功史？"

中年男子惊愕地站在那儿，有点被吓住，或者说，被自己的愚蠢击中了要害，可他显然不愿意接受失败的事实。"你是做什么的？"他问麦冬。

"你问现在还是过去？"麦冬毫不客气地反问。

这个中年男子就是杨铿锵。在苦苦练习了三年改变术后，他开始寻找不认识的人做测试仪，验证他是否变成了另一个人，没想到，他遭遇了麦冬，这使他在严重的挫败后受到深深的伤害。

一开始，杨铿锵并不相信一个人能洞穿他人的内心，就像他不相信会遇到一个能说人话的蟾蜍。他缠上了麦冬，要求麦冬展示他鬼魅的读心术，并且很快做出选择。他提出一个听上去不那么靠谱的交易。他问麦冬愿不愿意成为自己的室友，他为麦冬在一个高档社区提供住处，社区就在梅林公园旁，与公园咫尺之隔，前提是，麦冬免费做他的教员，负责指导和校正他的行为，帮助他变成另外一个人。

麦冬接受了杨铿锵的安排。他没有更好的选择。梅林公园一带的房子非常难租，而他必须在这附近住下来，这正是他来这儿的目的，为此他情愿付出一切。只是，他没有告诉杨铿锵，对杨铿锵那套充满励志色彩的假定性变形幻想，他觉得非常可笑，而且，他对杨铿锵使用的那套识心术，10年前他还是警官学院的一名学生时就玩过，效果相当糟糕。

那一次，麦冬和一位腰际线很高，美丽到令人心碎的心理系外聘女教师站在一棵滴落着雨水的悬铃木下。两个人身上全湿透了，好像他俩刚从雨水急匆匆变成人形，来不及把湿衣裳换下来似的。看上去，姑娘并不像同学们偷偷打听到的比麦冬大5岁，她的蛋形脸几乎还是孩童模样，眉毛上扬，面带压抑住的笑容，长时间地盯着她的学生。

"你在警惕。"麦冬用挑逗的口气对自己的教师说，"你在想，这个冒失的家伙是哪个班的，你该用什么手段给他教训。"

女教师下意识扬起消瘦的肩头，瞟了麦冬一眼，飞快地低垂下眼帘，目光转向别处。

"你在回忆某个人。"麦冬接着挑逗对方，"你在想，这个冒失的家伙让我不舒服，我得把他赶走。"

女教师脸颊浮起一片红晕，扭头不看他，像要睡觉的婴儿把头靠在母亲肩头的姿势，这样就暴露出白皙而脆弱的脖子。

"你开始犹豫。"麦冬继续说，有点得意忘形，"你在想，别急，再等等。你开始体味这个家伙的气味，你拿不定主意是不是在梦中。现在你想，不，反正不会有什么出路，不如投降，把自己交给这个危险的浑蛋。"

女教师眼睛圆瞪，面露愠怒，然后垂下眼睫，抵住下颏,嘴唇微张,样子既性感又顺从。麦冬快速判断那是不是求爱信号,接下来,她是要给自己一个甜蜜的吻,还是一记狠狠的耳光。

"哈,你恼火了,"他忍不住大笑,"你在心里告诉自己,你要杀了这个浑蛋。"

后来他知道,他按照警校老师教的那套读心术来泡女孩有多糟糕,那完全是一次错误的行动。女教师后来告诉他,她当时愤怒极了,脑子里只有一个念头,和这家伙上床,把傲慢的他干掉,除此之外,她任何别的念头都没有。

后来,她成了他妻子,他生命中唯一的女人。

人的一生,不是人们能够知道和以为知道的,而是由别人来证明的。

六

连续两天大雨,热带气流带来大量雨水,将城市洗涤得焕然一新。

麦冬和同伴穿着雨衣,拖着疏通机,在滂沱大雨中穿行在片区里,检查下水道,疏通壅塞口,防止垃圾把泄洪口堵住,连喘气的机会都没有。

中午的时候,麦冬处理完最后一处泄洪道堵塞物,回车库换了件干衣裳,返回龙尾路,同伴过来了。他是一位有着两个未成年孩子的湖南男人,已经在这座城市生活了19年。让麦冬惊讶的是,他是在这座城市里成的家,妻子是他的邻村人。一对过去从来没有见过的邻村男女,在一座两千万人口的城市里相逢,并且建立了他们的家庭,这有多么奇妙!麦冬和同伴站在林荫道上说了一会儿话,关于一个社区偷偷往马路上倾倒生活垃圾的事。他们站着的地方紧挨着一个小小的报亭,报亭出售一些符合一些人口味的报纸和杂志,它们和麦冬无关,和这座城市的大多数人无关,由某种文化资金扶植,属于另外一种落叶。更远一些,在上林街尽头,有一座狭小的绿色船形售货亭,一对安徽籍中年夫妇在卖包子,他们出售素菜馅和果仁馅包子,搭配自磨豆浆,每卖出一笼包子,夫妻俩就轻轻叹息一声,像是卖掉了自己的孩子。

雨过天晴,三个小姑娘,大约4到6岁,沿着"阳光天下花园"弯弯曲曲的轮椅道冲下来,尖叫着从麦冬面前滑过。她们戴着彩色的橄榄形安全帽,穿着旱滑鞋,她们的教练是一个脸上长着青春痘,染了香槟色头发的少年。他开心地鼓励她们当中最小的女孩,让她调整姿势,松开轮椅道旁的把杆。她看上去只有两岁,戴一顶七彩瓢虫安全帽。年轻教练在她撅着的小屁股上轻轻拍一下,她像一粒被风鼓动的松子,跌撞着弹了出去。

他们没有注意到麦冬。

那个胆小的女孩，让麦冬想到了荔枝。

要是换了荔枝，她会怎么样？会不会因为旱滑轮速度太快而惊慌失措？她和那个戴七彩瓢虫安全帽的小姑娘一样胆小，但她的身体柔软得像水母，她不会像一粒松子似的跌撞着弹出去，而是会无助地吸附在仿石墙上，不知所措地回头寻找麦冬。

每一个男人都强烈地渴望过一个女儿，并且诅咒命运不把一个美丽女儿送到他怀里。女儿是他们在前世曾经遭遇过的美丽魔咒，善良、有同情心、拥有鲜花绽开般的笑脸和泉水般的眼泪，他们将她遗失在之前那个世界里，自己来到这个世界，因为如此，他们自由但不快乐，富有但孤独，这就是无数男人不肯说出的秘密。

麦冬还记得，荔枝来到这个世界时，他和她妈妈开心成什么样。他们被命运带给他们的小生命弄得不知所措，两个人差不多傻了。

荔枝的头发很柔软，每一根头发中都藏匿着一个会说话的小精灵，眼睛是松鼠一样的颜色，那是麦冬知道的世界上最有魔力的眼睛。她和别的新生婴儿不同，是唯一不哭闹的，在别的婴儿吃饱了奶呼呼大睡时，她瞪大眼睛到处张望，无端地咯咯笑，就好像空气中有隐身天使在和她游戏。八个月之后，她就一个人蹒跚着走出门，去推隔壁家的门，和那对总是在争吵的年轻情侣咿咿呀呀说些什么，而且每一次，她都能成功地平息掉小两口的争吵，让他们破涕为笑。

有一次，麦冬和她妈妈带着她去城郊农庄摘草莓，他们和朋友谈得太热烈，完全忘记了她，等到想起她时，她正步履不稳地冲过去，把一只比她高一个半头的大丹犬紧紧抱住，用舌头舔它的脸，那头凶猛的战争犬被她的殷勤弄得十分委屈，不耐烦地缩回宽大的脑袋想躲开她的舌头。四个大人吓得说不出话，后来他们都笑出了声。麦冬还记得她妈妈当时的样子，她紧咬饱满的嘴唇，脸上浮现出触目惊心的象牙色，眼睛里溢出泪水，身子一软，坐到草地上，孱弱得就像被突如其来的风快速抽干了。麦冬心里狠狠地抽搐了一下，那个时候，他就下定决心，一定要保护好他的两个女人，不允许任何人伤害她们。

麦冬希望有着一头柔软头发的荔枝宝贝回到婴儿房里，躺在婴儿床上，瞪着眼睛到处张望，永远不睡觉。麦冬希望她一直活在 8 个月大，为这个，他愿意永远做一名警官——只属于她一个人的卫士，为她阻止岁月的来袭，保护她从此不再长大。

七

下午 3 点钟左右，麦冬和同伴打扫完那堆意外出现的生活垃圾，趁着雨停下，黄昏还没有到来，他开始打扫龙尾南路东边的那条小路。

小路没有路名，长不足300米，却很难打扫。它原来是一条双向两车道便道，被"四季山水花园"开发商巧妙地圈入社区，用赭红色石材铺成路面，路两旁种满高大粗壮的小叶榕，锈褐色的榕树气根暴露在外，仿石材路面和茂密的榕树叶构成一种奇怪的纠结关系，要将不断出现在路上的落叶从仿石路面分开，得花上些心思。

几个月下来，麦冬已经掌握了一些与落叶打交道的经验。有的树叶，你根本用不着清扫它，比如卵形的木兰和掌状的木棉，它们依附性不强，十分活跃，扫帚还没到，就像有心灵感应的生命，自己飘起来，往你想让它们去的那个方向飘去。有的树叶却不好对付，比如脆弱的三角梅和雨丝般的凤凰木，它们和路面是一对恋人，仿佛生来就是为路面出现的，你很难把它们从亲密的纠缠中分开，让它们脱离路面暖巢可得费上一点力气。还有更奇特的桉树和桂树，它们的树叶在静止的时候会散发出芳香，扫帚一到，那些芳香就先落叶而去，消失得无影无踪。石栗和红花羊蹄甲的树叶则是另一种情况，当你碰动它们时，它们会分泌出一种奇怪的刺鼻味道，好像在告诉你，别靠近，它们在生气。

说到生气，麦冬曾经在这条无名小路上看到过一些情绪冲动的人。他印象最深的是一对年轻恋人。他俩站在小路当中，相立而泣，就像种错了地方的两棵树，好几辆过往的车停在他们身后，车主大约受到感染，没有谁摁响喇叭，静静地等待着。麦冬不能肯定，有多少恋人从这条小路上走过，其中有多少注定会分手。穿过树叶编织的岁月，麦冬依稀看见，小路尽头，有两个在未来日子里将会结成伴侣的孩子，他俩向他走来——咿咿呀呀躺在童车中被父母推着，由广西籍保姆牵拽着小手蹒跚着走，背着沉重书包一个人低着头走，踩着新潮立行车大笑着飞快地驶远；他俩在这条小路上无数次擦肩而过，彼此毫无觉察，从不认识，就等着某一天，他们认出对方，然后以一见钟情的名义牵住对方的手，开始一场惊天动地的爱情。也许，那之后的某个时候，他们会站在小路当中相对而泣，身后停满静静等待通过的车辆。这期间，有多少树叶从树上飘落下来，没有人知道。

还有，一位身材健硕的中年男子，在暮春细雨下走进这条小路，穿过栅栏般悬垂而下的榕树气根，消失在"自此中心再无山水"的精致楼宇中。回到家，他脱下挺括的古驰牌博雅黑西装，坐在全套红古轩黄花梨家具客厅里，精疲力竭地喝过一杯私人订制的古树茶，这个男人打开面向基督堂那一面的落地窗，像一片过于沉重的树叶，从某一层纵身跃下。

有的时候，死去也可以在活着的时候发生，如果你真的遇上了这种事情。

麦冬和最好的朋友决裂,原因是朋友说了一句话。朋友说,逝去的亲人会在另一个地方活着,只是那个地方有那个地方的生活,逝去者不会记得活在这个世界中的亲人,而会快乐地活在新的亲人当中。那一次,麦冬把朋友的下颌揍开一道很深的口子,朋友的鲜血溅在麦冬的眼珠上。那以后的整个夏天,麦冬的眼睛一直肿着,看不清任何东西,视力严重受损。从那以后,他再也没有了朋友。

生命怎么可能像小叶榕树的气根一样,凌空而下,重新回到泥土中,从而串联起过往,连接上它原有的家族,生长出蓬勃的新世界?更多时候,人们就像枝头的树叶,一轮生长,一轮坠落,一旦飘零,就永远不可能再回到枝头。

麦冬想他见过的每一个人,他们的母亲、父亲和祖先。麦冬想那些落叶,它们的亲人是谁,他还想,当它们离开枝头的时候,树会不会哭泣?

天黑之前,天空再一次阴下来,飘落下几点雨丝,它们扑打在麦冬脸上,凉丝丝的,而地上却干爽如烘,之前的大雨一点痕迹也看不见。

麦冬只知道一件事,每个孩子离开这个世界的时候,天空都会飘落一场雨。

八

麦冬回家做晚饭时,杨铿锵已经练习完了今天的课程,抱着脑袋躺在床垫上望着天花板发呆,麦冬看了好几眼他也不理睬,让人猜不出他在琢磨什么。

工作时,杨铿锵表现得很正常,谦逊、诚实、自制、勤劳,就是说,他所有的表现是他自己,是那个21年前从黔西南大山里来的农家子弟杨铿锵,只不过更成熟,更懂得遵守城市秩序,而不是某个通过幻想的金光大道完成锦衣绣袄生命翻转的成功人士。在和业主以及物业公司同事相处时,杨铿锵会刻意藏匿住对成功的兴趣,不参与任何有关金钱与权力的八卦讨论,他将"变成"另外一个人这件事,只有麦冬和"阳光天下花园"B座3A那间未及装修的客厅知道。

直到住进B座3A,杨铿锵才向麦冬摊牌,他为麦冬提供资源紧缺的住处,并非免费晚餐。杨铿锵乐于助人,在业主中口碑不错,保安公司的员工档案也可以证明,他是一位让人敬重的星级雇员,但在换工这件事情上,他不打算按照义工联组织原则对待麦冬。作为受聘指导,麦冬必须完成对学员杨铿锵的行为指导和纠偏,除此之外,还得履行现代人的契约义务,足额支付全部房租,并且承担两个人的基本生活费和家务活。

以下是两个人刚成为室友时,麦冬为杨铿锵开出的行为校正课部分内容:

"别耸动肩膀,"教员生涩地对学员说,"那只能说明你没有安全感或者缺乏担当,你在回避什么?拥有权力的人不会带上这个烙印。"

"我要说多少遍,"教员不耐烦地冲着学员冷笑,"如果你要人们信任你,在陈述事实时别向人摊开你脏兮兮的巴掌,那是在乞求。"

"你说一点也不紧张,"这一次教员愤怒了,接下来,他很可能会上去猛踢那个猫步潜行、踮着脚走动的未来富翁,"可你干吗紧缩颚肌、鼻翼扩张、脖子僵硬、目光闪烁?"

学员停下来,微微斜着身子,好像他被突如其来的一拳击中了小肚子,呼吸不过来。每到这个时候,教员就会停止课程,走到一边去为自己倒杯水,一口气喝掉,以免自己的失望流露在脸上。

可怜的学员不知打哪儿听说了"人人平等"的主张,并且成为这一主张的坚定支持者。他乐此不疲地给教员讲述他家乡发生的耸人听闻的故事。在一个故事中,主角是乡村暴力团,一连串袭击过路客车案件的背后,是一群玄机四伏的留守儿童,他们埋伏在公路边,向驶过的长途客车扔石头,最终因为砸碎的玻璃割开一名司机的颈动脉导致客车倾翻,车上多名乘客伤亡,被捕的团员们交代的作案理由令人惊讶，他们不过是做了一个集体决定，凡是车上没有回村的大人，他们就朝客车丢石头。另一个故事更怪异，一个留守少年奸污了他40岁的二姨婆，原因是，她在被甥孙勒索30块钱打游戏机的时候，不肯另外给他8块5毛钱买一盒方便面和一瓶营养快线。

"你觉得怎么样？"讲述者滔滔不绝，显得十分愤怒，脸膛红扑扑的，像一块快要燃尽的煤饼，"有人想让你接受这种生活，老天可没这么规定，你必须反抗。"

"反抗什么？"

"你没听见我刚才怎么说？命运，不公平的命运。"

"拿什么反抗？"

"相信我，会有办法，你可以决定自己，改变这一切。当然，从头开始已经来不及了，这才是事情的关键。"

"靠一次假想？"

麦冬忍不住嘲笑。杨铿锵并没有受到打击，他给麦冬讲了另一个故事。这个故事发生在他俩现在所在的城市。故事的主角是一位年轻女孩，美院毕业生，过着双重生活，她男朋友以为她在一家广告公司有一份了无趣味但薪水不错的绘画师工作，实际上，她在一家夜总会干着服务行业的活，那里有各种各样的女孩，满足客人各种诡异的口味，她们大多妖娆多姿，具备超赞的角色扮演能力，而她则扮演软妹系幼儿教师。

"你打哪儿知道这个的？"麦冬有些敏感。

"那姑娘就住C栋。她不是唯一的。在小区里，你觉得他是他，但他不是他的人多的是。"

"那是别人的生活，和你没关系。"

"蚂蚁的生活和别的蚂蚁没关系？"

"你是说，靠一次假想，工蚁就能变成父蚁和母蚁，或者干脆变成蚁后？"

"那也比什么不做好，反正结果也坏不到哪里去。"杨铿锵缺乏逻辑地结束了谈话。

麦冬曾经的职业，使他讨厌理性失衡，它造成了多少人生混乱，它们成了他职业面对的一部分，也成了他生活的一部分。他之所以答应杨铿锵，不过是权宜之计，他和杨铿锵之间的奇妙关系并不是他奢望的，做教员也好，支付房租和生活费也好，不过让他能在梅林公园旁有一张七尺床垫，他在杨铿锵身上的付出充满了廉价和恶意成分，那完全是利益交换的结果，他清楚，这对杨铿锵多少有些不公平。可是，命运有一种特别的构造能力，它让两个浑然不同的生命以一种梦魇关系生活在一起，全情投入，共同完成一个荒唐的假想游戏，就像咖啡加上橄榄，如此混搭的饮料，也许你从未品尝过，但你不能说它不是一杯饮料。何况，麦冬没有打算和杨铿锵共情，他们之间没有需要共同遗忘的过去，也没有需要共同创造的未来，这样，他们之间的相处会容易不少。

实际上，整个秋天和冬天，他俩进展都不大。无论学员的个人档案中装着几颗星，他在与窃贼和火焰搏斗时多么勇敢，他利用安保员的职务便利完成了多少业主的私生活偷窥，在举止行态和微行为训练上，他都是个无可救药的蠢货。每当练习受挫的时候，他只会大睁着空无一物的眼珠子，可怜巴巴地看着教员，一双大巴掌下意识地摩擦着膝盖，让教员丧失继续下去的信心。

但是，学员杨铿锵咬住了。你不会看到比他更固执的人。每天晚饭后直到子夜1点，他都缠着教员教他各种成功人士应该拥有的举止表情，一遍遍对着镜子练习，然后接受愤怒的教员令他痛不欲生的指责。他那个样子，就像一个因为母亲的奶水不足而紧紧抓住母亲乳头不肯松手，因此显得十分无辜的婴儿，整个教学过程中，让教员麦冬胸肉紧张，痛不欲生。

"别他妈对我指手画脚，我见过世面，知道吗？"学员气急败坏地冲教员喊，可能意识到成功人士通常不会使用这类词汇，不情愿地咽口唾沫，"我知道的事情比这多得多，别忘了，我可是亲眼看着这座城市建立起来的，它发展最快的那些年，我就在这儿，哪儿也没去，别觉得我会满足！"

从某种角度上讲他说得对，成功人士从不相信命运，只相信人生，这方面，他和他们有非常相似的人生观。

大约是夏初的一天，为了证明自己有多么投入，学员给教员看过他收集在一部二手电脑中的资料。它们有几十个文档，关于这座城市，包括政府历年的工作报告，资料之详细，你甚至会怀疑他是从市长办公桌上直接偷窃了这部电脑。在粗略看过资料大致内容后，教员忍不住建议学员报名参加香港大学分校的招生考试，它刚刚建立，生源奇缺，但考虑到不菲的学费，他建议学员选择函授这个渠道。

"随便你怎么想，"走火入魔的学员用坚定的眼神盯着教员，"没有人可以阻止我，你不过是个隔山打牛的外省人，你不懂这个。"

现在，那个励志者躺在自己的床垫上，对着天花板发呆。他的床头，堆满书名怪异的书籍：基辛格的《论中国》，布莱恩的《角落办公室——来自CEO意外且必要的教训：谈领导艺术和成功秘诀》，勒布尔的《美国的梅迪奇：洛克菲勒家族及其令人惊叹的文化遗产》，查理的《穷查理宝典》，皮特《小赌注：小小发现是如何酝酿开创性思想的》，埃德蒙的《有着琥珀色双眼的野兔：一个家族的世纪收藏和损失》，诸如此类。

麦冬朝那些花花绿绿的书籍看了一眼。他看到一出不切实际的假想制造出的令人绝望的喜剧，但他却没有丝毫的快乐，而是被那些书名透露出的隐隐的狠劲儿慑止住。他不再说什么，转身去厨房做饭。

九

凌晨5点零1分,麦冬准时醒了。他躺在那儿没有动,瞪大眼睛,盯着路灯投射出的隐约光线映亮的天花板,试图让思路追上正在消逝掉的梦。

在过去的某段岁月,每天早上,麦冬都能在梦中感到一只冰凉的小手蒙住他的眼睛,然后,他从梦中醒来。他看见荔枝,她裹着拖地的毛毯,趴在他的枕头旁边,一只手捧住脸颊,眯着眼睛甜甜地对他笑,另一只小手从他眼睛上撤开,小人儿学走路似的,一指一指爬上他的肩膀,像冰库里孵化出的毛毛虫一样轻轻蠕动着,在那里拱来拱去。

"你猜,我是谁来了?"

接下来,宽大的毛毯滑落到地板上,小小的赤脚嗵嗵响着跑开,门后传来咯咯的笑声:

"我害臊了,我去喝牛奶。"

麦冬知道荔枝说错了。她不该说"我是谁来了"。她该说"你猜我是谁""我来了"。她总是把两个以上的内容用一句话一次表达完,或者在正常的句子中莫名其妙地省掉一两个词,好像她等不及,要把更多的内容在一句话中表达完,这使她的表述常常出现意外效果,但麦冬非常、非常享受冰凉的小手蒙在自己眼睛上那种奇妙感觉。

麦冬说不清楚，荔枝为什么会有那么多的害羞，是什么让她这样。她真是一个可爱的天使，只懂得爱，除此之外什么也不知道。在麦冬看来，荔枝来到这个世界唯一的事情，就是醒来以后，把肩膀上的雪白羽毛拆卸下，收藏好，换上冰凉的手指，穿过冰河冷漠的雾气，跑进他藏匿着的洞穴，笑眯眯帮助他挣脱噩梦的困扰，回到正常的生活中。只是，他无法判断，在这之前，她是否已经飞到天上去过，把她的爱像花瓣似的撒到大地上来了。

为此，麦冬私下留意过，有好几次，等荔枝睡熟之后，他轻手轻脚摸进她的房间，跪在她床头，在她肋下寻找过，看看那里是否有一对收束起的翅膀。他拉开流苏窗帘，钻进玩具柜里，甚至在双层床滑梯下寻找，他当然没有找到那对雪白翅膀，但他固执地认为，它们肯定在，只是她太害羞，把它们藏匿在他找不到的地方，如此而已。

麦冬无法从沮丧中得到释怀，但他必须从床上起来去警队工作。他得快点洗漱，从冰箱里取出粗粮麦包和鲜奶，为他俩准备早餐。在麦冬忙手忙脚一边刷牙一边在炉子上煮水波蛋的时候，荔枝一直跟在他身后，喋喋不休地给他讲费南迪和花儿们闹意见的事情，为这个她有点担忧；他则会严肃地检查她的嘴，看看她三岁就一直戴着的无托槽牙套有没有什么异样。但是，对嘴里这个用生物陶瓷做的讨厌家伙，她一点也不喜欢。她喜欢舔窗户上的冰凌。她把这个称作和雪花宝宝亲嘴，矫正器会影响她那么做。而且，因为麦冬生气地阻止她做不讲卫生的事情，她会反过来生他的气。她认为麦冬应该生一片雪花，把它养大，这样他就不会嫌弃雪花了。麦冬不得不埋怨自己自作自受，在早餐结束后花费精力，用面包屑做一些小动物的模子，倒入矿泉水，生产小动物冰凌，来满足她与大自然的亲近。

每次离开家，他俩都会牵着手去巷子口。巷子不长，但她开心得要命，喋喋不休地给他讲艾丽莎、洛迪、珈伦、莴苣的故事，嘴里一刻也不停。他会在小卖部给自己买一包香烟，顺便给她买一包带玩具的魔蛋。他警告她，不允许她一个人穿过马路，去向街对面花店患小儿麻痹症行动有些不方便的小姐姐问好。他俩会在小卖部外盘桓一会儿，缠绵一阵子，然后，他展开两臂，嘴里模仿着涡轮发动机的轰鸣声，在她身边徘徊两圈，从她身边"飞"离，她则扬着拳头蹦着高，要他加油，他们在那里以起飞的方式告别。

麦冬希望荔枝能记着这个，记住他曾经努力做过讨她开心，而不是冲她大吼时骂出的那些令人伤心的话。麦冬希望她忘掉他所有卑鄙无耻的表现。

凌晨时分，一切都很安静，电梯间传来卷扬机工作的声音，然后在某一层停下，但不是3楼。对面3B住着一位面容憔悴的年轻女人，她在一位菲佣帮助下，照顾着三个年龄相差无几的孩子，一家人几乎从不出门。

杨铿锵躺在另一边的床垫上，小声打着呼噜，看样子睡得很沉，没有人会出现在3楼。

如果荔枝一个人留在家里——大多时候都这样——她会把家里的每道门都锁上，一步也不离开，好像她在坚守什么，或者拒绝。但麦冬不知道，她坚守和拒绝的究竟是什么。这也使麦冬后来相信，一个人的爱不是用来爱的，而是在伤心时用来回忆的。该爱的时候，麦冬不知所措，胆怯而迟疑，来不及去爱，现在一切都晚了。

他知道生命没有那么简单，自己不像落叶那么从容，以至于在茫茫人海中，他注定会失去她。

每个突然醒来的凌晨，麦冬都希望房间里不是他一个人，荔枝会坐在某个角落里，困惑地看着那些在她离开之后他仍然坚持为她买来的新衣裳和玩具。它们每年都在增加，每年。

还有，她有多久没有更换新的牙齿矫正器了？

十

凌晨5点15分，麦冬离开B座3A，乘货梯下到车库。五点半,他准时出现在龙尾路上。

一辆去机场或者北站搭乘高速列车的滴滴专车抛了锚,拎着箱子的姑娘站在马路边上急得跳脚,这条街上不怎么好拦车,司机正用APP通知平台,请公司联系附近的车赶过来。

塘郎山顶还是漆黑一片,万物在天亮前显现出模糊不清的图案,只有鸟儿醒得早,羞涩的啼鸣穿过晨雾,有一下没一下地响起。连续下了几天雨,路边的过水沟情况复杂,麦冬开始打扫那里。等他拖着第一车垃圾走过北林街时,天已经亮了。

一个中年女子站在公园前的小广场上,一边遛狗,一边哭泣,毛发臃肿的阿拉斯加雪橇困惑地看着她,显得闷闷不乐。稍远一点的上坡山道上,站着一只年轻的黑耳鸢,它耷拉着两肩,警觉地盯着山道旁的扶桑花灌木丛,也许那里有一条比它年龄大的蟒蛇游过,但它最好快点离开,天就要亮了,人们将陆续出现在公园里。

麦冬看见杨铿锵走出"阳光天下花园"大堂,殷勤地跑下台阶,帮助一位中年女业主把购物车拉上台阶,一边和业主说着话,活像出门迎接姐姐的贴心兄弟。

快到中午的时候,麦冬清理完龙尾路上的过水沟,接下来准备打扫路面上的落叶。他把垃圾推到梅林路口,和其他垃圾卸载到一起,等工作站来车把它们拖去处理站。头顶上,云朵在快速堆积,空气中弥漫着松果露珠的气味，如果稍许留心，还能嗅出羽毛和新鲜鸟粪的味道，天气预报说这几天都有阵雨，看来雨很快又要到了。

麦冬把工具车推到北林街口，停放在报刊亭后面，脱下弄脏的防水外套，让自己敞敞汗。四五个年长老人，牵着孩子，推着婴儿车，慢腾腾从公园里出来，互相打着招呼，分别走向自己的社区。他们来自安徽、湖北或者更远一些的地方，在这座城市里生活了几年或十几年，已经学会了捕捉南方天气的脸色，知道该在什么时候往家里走。

麦冬在背上垫了一块干毛巾，开始清扫落叶。正是中午放学时间，有学生从路上走过，离着不远，梅中路、梅丽路和梅北路上各有两所小学和一所中学，麦冬希望那些接送孩子的父母不要把他们又笨又蠢的私家车开到学校门口停下，这样，他们的孩子就能和从头顶上飞翔的小鸟一起奔跑一阵子，不受那些钢铁家伙的威胁了。

一个孩子出现在"阳光天下花园"台阶上，朝马路上东张西望，开心地咿咿呀呀，寻找在台阶后面簕杜鹃花丛中躲藏着的年轻妈妈。

麦冬站下来，有点走神地看着那对捉迷藏的母女。

有一段时间，麦冬和荔枝就像一对玩捉迷藏游戏的对手。那段时间，案件频发，好几个是大案重案，上面派来督导组坐镇办案，警队忙得不可开交，警员们都绷着脸,他没有理由松懈,只能雇人把荔枝送去幼儿园,再把她接回家,他自己则迷失在永无休止的案件中,躲闪着不见她,等他精疲力竭地回到家时,她已经搂着布袋熊睡着了。

这倒省去了许多麻烦。如果他在家,让她入睡是个难题。

每天晚上,荔枝总会在门口等待麦冬,一直到他回来。如果是冬天,荔枝露在裙子外面的小腿会被寒夜冻得通红,麦冬需要尽快放上一整浴缸热水,用 20 分钟时间把她彻底暖过来。那段时间,麦冬被一件或者另一件案子缠住。他的骨髓里积满了疲惫、愤怒和恐惧。他的衬衣臭烘烘的。在对付那些危险的嫌犯时,它们被汗水无数次地浸透过,这还不包括因为紧张和害怕渗出的尿液。

麦冬在家里时,荔枝绝对不肯睡觉,不肯闭上她的眼睛,即使困得眼睛睁不开,她仍然强撑着。在她明亮的眸子中,你能看到她曾经看见的一切,还有她想象过的一切。

"我想看看,我长在树上是什么样子,树怎么把我生下来。"

有一次,麦冬为荔枝盖上毛毯,关上灯,准备离去时,她突然在黑暗中这么说。

"我没长大的时候,不会喝牛奶,你会来看我吗?"

好一阵，麦冬才明白过来她在说什么。她想知道她在她妈妈身体中的时候，是一种什么样子，她妈妈是怎么生下她的，他是不是关心那个时候的她，会不会在没有母奶喂养时，用牛奶来饲养她。

他被她的话怔忡住，站在那儿一动也不敢动。客厅里传来冰箱压缩机工作的振流声，那个声音在，真是好，你可以在天黑之后，在绝望的时候，相信世界并没有停止运行，很多地方，仍然在发生着你不知道的事情，你可以相信，不管你看没看见，那些事情都在发生。

荔枝醒着的时候，他们所有相处的时间只停留在早上。麦冬说不清楚自己不在的时候，或者离开的时候，荔枝是不是因为害怕而哭泣过，在他拼命追逐罪犯，心脏撞开牙齿快要跳出嘴里的时刻，在他屏住呼吸，把手枪的释放钮神经质拨下的时候，她有没有缩在黑暗中的角落里，一边和放在膝盖上的卡通宝贝说话，一边轻声啜泣着呼唤他。

麦冬知道，其实人没有那么结实，也没有那么值得相信，所有经历只会出现一次，比如他和荔枝的关系，在此之前没有，错过了就错过了，以后也不会再有了。麦冬还知道，等他离开这个世界后，他会去另外的世界，那个世界很大，就像宇宙，有无数的星系，他去的那个星系，也许不是荔枝现在所在的星系，如果这样，他们不会再相遇，而会越走越远，那他们之间的关系就彻底地消失掉了。而且,现在他还记得她,但他没有感受到身体中藏匿着的那0.285克神秘的暗物质给予他的任何暗示,这就证明她已经不记得他了,证明传说中的灵魂帮不上他什么忙,等他离开这个世界后,他会忘记此生此世发生过的所有事情,他和她的记忆,将从此不再有交集。

天越来越暗,雨要下来了,麦冬来不及打扫完所有路段上的落叶,他决定先不管落叶,尽快处理分拣垃圾箱里的垃圾,于是他返回车库,取了一些垃圾袋,再回到龙尾路上。

第一滴雨点跌落在麦冬的眼皮上,快速滑落到眼睑间,然后是第二滴。路人开始奔跑,他们遮住头,显得十分窘迫。枝头的树叶突然活跃起来,以一种不合节拍的姿势舞蹈着。

麦冬用雨披盖好工具车,跑进梅林公园,抢在大雨到来前冲进一座凉亭。他抹去脸上的雨点,看见凉亭外,有一棵湿漉漉的杨梅树,一只棘蛙正在努力往树冠上的浓荫处攀,它背上趴着比它体形大一半的妻子,它俩遭到第一轮大雨的袭击,全湿透了,个头小的棘蛙夫婿试图背着丰腴的妻子避开雨头,妻子娇滴滴的,不肯松开它,这使它向上的攀爬显得异常困难。

麦冬和生下荔枝的那个女人,有过两年疯狂的蜜月期。

她是停滞在时间中的女人。她喜欢那种老旧的蓝印花布，喜欢一定要有名字，琴声苍润高古，经过一代琴师查阜西之手的古琴，以及20世纪70年代以前出品的胶木密纹唱片。

她喜欢在夜里拉严窗帘，缩在床头读海因里希·沃尔夫林的《古典艺术》，只配台灯的暗光。那是一部伽利玛出版社上世纪90年代的版本，上好的纸张，边缘略微刮手，在灯光下像一朵未曾睡醒的莲花，等待阅读者耐心地将它舒展开来。

而在所有剩下的时间里，他俩几乎融化在沙发上或者床上，即使嫉妒的阳光也不能把他俩剥离开，重新梳理回原形。

麦冬觉得自己就像大海中的浪潮，激情澎湃，力拔千钧，涛涌不绝，可是，每一次他跃向岸头，都会被礁岩的阻挡撞得粉碎，留下一地泡沫。

然后。

阳光快速退去。

……

半小时过后，雨停了。那对不离不弃的棘蛙夫妇早已消失在茂密的杨梅树树冠中，不见了。一些原本生机勃勃的木紫槿遭到暴雨的侵扰，显得形老色衰，在花托上生着闷气。麦冬离开凉亭，踩着亮晃晃的山水朝公园外走去。他将垃圾车推到路边，开始清除积留在低洼地带的落叶和食物包装袋，这要花去他很长时间。

阳光等一会儿才会出现，可惜，那个时候，它已经是晚霞了。

比自己大五岁的女人，麦冬从未见过她黎明时的样子。

十一

晚上9点左右，麦冬回到B座3A。

杨铿锵不在房间里。从今天开始，他转夜班，这意味着，麦冬有一周时间可以清静了。

麦冬脱下被淋湿的衣裳，把它们丢进洗衣机里，然后开始做饭。下班前，他去安徽夫妻的售货亭买了两笼豆腐馅包子，这样，他只要煮一锅粥，炒一个菜就可以了。他仍然要做两份饭，杨铿锵会在凌晨的某个时候回来，尽职尽责的保安组长需要填饱肚子，以便他精力充沛地值完剩下那几个小时班。

春天到来的时候，学员杨铿锵突然神力附体，像是变了一个人。他快速理解着教员的意图，出色地完成了教员布置下的大部分形体训练课程。在接下来的仪容和着装课上，他们再度遇到麻烦。在换上假设的名牌行头后，杨铿锵陷入一个雏子才会有的笨拙举止中，走动起来动静很大，在麦冬面前显得非常不自在，好像他身上穿着的不是hugo boss、范思哲或者阿玛尼，而是李世民御前千牛卫全身沉重累赘的金铠甲，不堪重负。不过，这一次，改善和突破用去的时间并不长。在学习如何成为另外一个人，准确地说，在想象自己成为一个富有的成功人士的时候，杨铿锵非常刻苦，很快适应了新的课程，他越来越像那些名牌服装的主人，这让麦冬十分吃惊。看上去，有些事情几乎难以完成，不是杨铿锵这种人能够做到的，但他就是做到了。在事实面前，教员没有什么好争辩的，他由衷地给了学员一个不错的分数，这让两个人的关系暂时出现了化解的契机。

也就是那段时间，他俩头一回谈到了个人生活这个话题。受到鼓舞，因而心情舒畅的学员杨铿锵放松下来时，其实是个挺有趣的家伙。他肚子里藏着不少故事，你可以说这属于人生经验，这使他完全不着调的励志计划，多少呈现出一些令人感动的成分。他不肯脱下作为教学道具穿在身上的水版名牌服装，在客厅里迈着轻松自如的步子，向教员麦冬披露了一些个人经历中的秘密。

杨铿锵在一个地方把自己弄丢失掉。

他的老家在麻城，大别山区里的某个山村。他有一个比他大两岁的哥哥，他俩亲密无间。有时候，他们当中的一个会把另一个的鼻子打出血。更多时候，他俩同恶相济，一起揍比他们人数多的乡村恶少年团伙，在举水河中钓翘嘴白，去村村通公路建设工地上偷钢筋，以及逃课。上初中那年，他和哥哥完成了头一次对女人身体的探索。协助者是邻村一个女生。他俩分别和她在一片栗子林里做了那种事。女孩后来告发了哥俩，兄弟俩因此被学校开除，失了学。在挨了父亲一顿痛揍之后，哥哥负气出走，去了长江三角洲，在众多工厂中辗转做工，从此再也没有回过家。为了这个，他非常愤怒，发誓要哥哥付出巨大的代价。

"你是说，你想成为成功人士，是为了报复你哥哥？"有一阵，麦冬没有弄明白，他认为这个励志内驱太滑稽。

"他不该逃走，连商量都不和我商量。他会知道他干了什么。"杨铿锵恶狠狠地说，然后转变话题，开始抱怨中国大陆富翁不像欧美富翁，从来不做日光浴，这样，他就不得不接受漂白术的折磨了。

"为什么要做漂白术？"麦冬更加不明白，他非常担心，作为教员的他不得不为学员怪诞的妄想症承担更多没法完成的课程。

"我告诉过你，我会变成一个对社会有用的人，被人们尊重的人。"

"靠什么，角色扮演？"麦冬莫名其妙地笑了一下，他觉得对方过分了。妄想已经超越了适当的梦想，在得到一些对普通人来说有一定正面激励作用的训练后，游戏者应该适可而止，终止幻想，回到正常的生活轨道上来，别再往危险的路上滑下去，那样对谁都不好，"我说，够了,你可以把现在做的事当成个人素质的提高,就算一种人生安慰,千万别走火入魔,别陷在里面出不来。"

"你不要毁灭我的理想。"杨铿锵不喜欢麦冬的口气,脸上浮现出想要把什么破坏掉的情绪,"你根本就不相信,信念会改变一切。"

"别夸大其词,"麦冬试图用调侃的口气打击对方,"就算换了皮肤你就能够变成富翁,你拿什么去做易容术?那可是一笔不小的开销。别告诉我,你的'等待知更鸟计划'中有这笔预算,只是你还差个缺口,像珠江入海口那么大的缺口。"

"我没那么笨。"杨铿锵七窍冒烟地反击,他那副恶狠狠的贪婪样子,就像随时都在说,我准备好了,伙计,我们开始吧,"我会弄到钱。我会开始的。"

"是啊,"麦冬不再原谅对方,口气里充满了恶意,"据我所知,街头行乞的聚财速度不算慢,但那会把你打回原形,让你之前的绅士课训练毁于一旦。"

杨铿锵有习惯性的心理依赖,有时候,他会显出孩子气的一面,完全按照自己的思路要求麦冬。他固执地认为,因为对社会不公抱有同样的不满,麦冬显而易见是他同仇敌忾的战友。只不过,他是想改变自己创造历史的人,麦冬则是不肯从人生失败中走出来的人,他俩在"生存还是死亡"的十字路口注定要分道扬镳,这就是他俩的区别。但他认为,这并不妨碍麦冬对"知更鸟计划"抱以应有的敬佩，发挥个人专长来帮助他完成计划。

麦冬不愿意和杨铿锵讨论历史这种事。他不觉得历史可以被改变，谁的历史就比别人的历史高贵？麦冬不愿意他和杨铿锵的雇佣关系深入下去，那完全是一场荒唐的少年游戏，杨铿锵并没有拿到福布斯财富榜的入选通知，即便在想象层面，接下来的工作也并不轻松，他要不断巩固学到的知识，继续学习更多的知识，在那之后，他还要广泛了解并且牢牢记住那些超出普通人生存与发展需求，具有独特、稀缺、珍奇特点的特殊消费品，掌握如何使用它们：时装和皮具、汽车和游艇、珠宝和腕表、香水和化妆品、瓷器和葡萄酒，以及世界顶级豪华酒店，当然，作为一名男性富翁，女人或者优雅的年轻同性，也是必修课的内容，这比任何专业的博士学业都要困难。

麦冬相信杨铿锵正在学会控制，他会继续咬住，进一步学会其他内容。他花了这么多时间和精力来制订和执行他的计划，这个计划没有理由不成功。麦冬只是困惑，杨铿锵怎么才能做到把自己变成他想变成的那种人，他建立起一个富翁的意志行为，学会了像富翁那样坐立、行走、说话、思考和与社会交往，但他拿什么来完成它们？沉湎于幻想，还是对着镜子表演给自己看，由此获得内心的满足？更重要的是，一个人的历史如何才能改变,就算你一百次地决定要这样做,那些如影相随的细节,你拿它们怎么办?就算这些你都做到了,看上去你的确是另一个人了,你过去的那些历史,它们真的被改变了吗?

麦冬认为,杨铿锵太寂寞了,他在被他哥哥背叛后太寂寞了,一个寂寞的强迫型幻想症者,才会变成一只等待配型的知更鸟。

杨铿锵不在,麦冬完全不受打扰,11点左右,他已经吃完饭,做完家务,把室友那份饭热在电饭煲里,冲了凉,上床睡觉。他头发洗过,散发出一股淡淡的奶香味道。他静静地躺在床垫上,手从单薄的被单里慢慢抽出,伸进空气中,并且让它停留在那儿。

他和它会一直那样,直到黎明到来。

十二

凌晨5点15分,麦冬醒了。今天他起晚了。

子夜过后,杨铿锵回来过一次。

为如何掌握富人为人处世的标准,学员杨铿锵陷入了困局和苦恼。他是这个不公世界的受害者,所以,善于学习、积累人脉、强者完胜适者、研究税法、除掉竞争对手、向善行善向恶施恶、成为世界人,这些问题他在学习中都有深刻认识和理解,也在努力确保自己接受改变。可是，用心经营婚姻，这条对所有富翁都至关重要的秘籍，他却无论如何做不到。他少年时受过女人深深的伤害，他不相信婚姻这种事。

"她让我看她的咪咪，我看了。"杨铿锵把睡梦中的教员叫醒，痛苦地向他讲述自己的困惑，他觉得自己过不了这道坎，"她让我摸摸它们，我照做了。然后她让我躺在地上，她骑在我身上，她说她会让我知道一些好玩的事情。"因为痛苦的回忆，愤怒的学员身体僵直，轻微颤抖，"知道吗？那件事一点也不好玩，我他妈背上少说也扎了三颗掉在草丛中的毛栗子，离我脑袋不远的地方，还有一摊冒着热气的新鲜牛屎，我扭过头去时，连牛屎中来不及消化的草梗都看得一清二楚，你知道那意味着什么吗？"

"意味着你缺乏基本的素质和修养，不知道如何尊重别人。"麦冬被学员从被窝里拖出来，这种情况让他十分恼火，"你干吗不捧起那堆热腾腾的牛屎，连同自己一块砸在她脸上，然后开开心心请她替你把扎在背上的毛栗子剥下来，你俩一块吃，别打扰人睡觉？"

但他不得不坐起来，套上外衣，强打精神，给伤心的学员讲富人的整体性，以及社群关系中的限制性原则，直到天快要亮，这堂课才算结束。

现在，他有 3 分钟时间洗漱，12 分钟时间热饭吃饭，并且为杨铿锵重新做一份留在锅里，等他 7 点钟交完班后回来吃。然后，他离开 B 栋 3A，避开可能被早起的业主使用的电梯，从安全通道下楼，到地下车库取出工具车，出现在龙尾路上。

天蒙蒙亮，麦冬沿着工作地点走了一遍，看看有没有需要他重点打扫的地方。下过几天雨，一切都会有所改变，他会把更多的时间用在这些地方。

相比梦境中不断遭遇的恐惧，麦冬更喜欢他在白天的工作。

没有人给麦冬拯救世界的权利。他也没有那个能力。他连挽留一个深爱着的生命的能力都没有。但他会努力地把一条街道打扫得干干净净，也许还会加上另外一条不长的街道。

一辆赶早离家的黑色奥迪从麦冬身边驶过，拐进龙尾东路，汽车尾灯在晨曦中洇开两朵温暖的红光。路上行人不多，他们从麦冬面前走过的时候，大多眉头蹙皱。麦冬在他们走近前会停下来，让开道，等他们走近，他和他们打招呼。他说，你好。那些人会看麦冬一眼，什么也不说，从他面前匆匆走过去。他们紧合双唇，前额上挤出或轻或深的沟壑，这是典型的大脑边缘系统控制下的按压行为，仿佛要把内心世界隐藏起来，把太多的烦恼关闭起来，这说明，他或者她遇到了什么解决不了的事情。

大多数人不知道，紧合双唇并不能让他们与这个世界的关系形成遮蔽。他们有无数的语言,呼吸、气味、目光、触摸,以及想念,这些语言通过其他渠道在更多的场合暴露了他们的内心,只是,大部分人一辈子都不知道,他们身上那些语言的确存在,少部分知道这个秘密的人,则懒于使用他们知道的语言,或者,他们在害怕,不肯使用,这一点,人们不如树叶。

麦冬不知道他和荔枝的妈妈问题出在哪儿。不是他俩不够相爱,恰恰相反,他们过于爱对方。在某些时候,他们害怕从对方的世界里消失掉,或者对方从自己的世界里消失掉,他们被这样的害怕所困惑,越来越困惑,于是关闭了所有的语言通道。

问题不在这儿,问题在于,他们的在意开始变形。他们觉得,自己能够做到一切,能够做好,然后他们拼命证明自己,拼命地努力,他们的证明和努力只成就了一点,让对方感到惭愧,感到自己做得不好。

事情不能比这个更糟糕。他们的爱,或者说他们的存在,就是为了证明对方的不完美,甚至一无是处。他们在相爱中一点点用自己失去语言的绝望来杀死对方。

有一段时间,她告诉他,她感到沉重,感到累。他不明白她在说什么,她怎么会感到沉重和累?她向他一遍遍表示她真的很累,她开始失望,最终,她跟着一位来自青海的黑脸膛仁波切去了长云暗雪的西域。

她离开以后,他差点疯了。他火气冲天地收拾行装，要去西域把她拽回来。那时，荔枝刚出生不久，正在接受第 15 针疫苗。他无法把一个 5 月龄的女婴和一把野外多用刀一起塞进行囊中，背着她和它穿越帕米尔高原、阿姆河和塔克拉玛干沙漠，去找回他的女人。一番挣扎后，他放弃了。

在荔枝接受完第 19 针疫苗接种，勉强度过哺乳期后，安全地长大成了她最重要的事情。他彻底放弃了去西域寻找女人的计划。他像孔雀王朝的阿育王一样，发誓信守四谛五蕴八苦的准则，放弃杀戮，包容一切异文化，包括婆罗门教和耆那教，为此，他有三次用枪口对准了罪犯，却没有扣下扳机，其中一次，赢得喘息的罪犯用钢筋击碎了他的右肩胛骨；他发誓会等待她回来，其实做起来很难。

一年半后，她在西域修行失败，离开那个大乘佛教的"宝贝"回到他身边。她人消瘦得厉害，六神无主，目光空空，魂魄不再，仿佛只剩下一张消却的皮囊。他欣喜若狂，痛彻入骨，将她抱进怀里，安慰她，试图与她交流，恢复他们之间断裂已久的语言、呼吸、气味、目光和触摸。他生硬地抓住她的一只手，把它握在自己手中，让她把她的害怕告诉他，他保证替她承担，永远不让她再离开自己。

可是，接下来的日子，在听她整天对他说着那些普通人类无法听懂的神语后，他开始失语，陷入高度焦虑和慌张，反过来开始躲避她，就好像她是十字路口的交通信号灯，对他不断闪烁着青色、紫色和蓝色光线，混淆的色谱让他感到强烈困惑，不知道自己该离开那里，还是在原地等待。他的犹豫让她再一次失望。她整天处于幻觉中，偶尔会在苍白的脸上浮现出悲悯者独有的微笑。不久之后，她转而把希望寄托在一位恰如其时地出现，能在精神世界里指导和陪伴她的冥想师身上。那个时候，他俩的感情已所剩无几。

如果说有什么理由让他们必须待在一个屋檐下，那就是他们都不肯相信厌恶和遗忘来得这么快。进入冥想世界里的她情绪开始转变，越来越亢奋，除非在锡吕·玛塔吉·涅玛娜·德维大师的冥想课程中，否则她总是出现大量误听，脑海里悔恨的浪涛声一阵阵扑来，这个时候，瑜伽静修一点也帮不上她的忙。在其余时间，她把精力放在用毒药杀死一只只可怜的蟑螂上，固执地认定药水才是结束走投无路的挫败者的最好媒介。

"你为什么不从我身边走开，去寻找一个新欢？也许那样你会好过一些，我也会。"她眸子空茫地盯着他头顶上方三寸之处的空气，干巴巴地对他说。

他回答不了这个问题。

他回答不了这个问题，变态地收集能够收集到的所有关于冥想的书籍，想从书里找到答案。它们没有给他答案。他不属于能够进入和理解这个世界的人。他神经错乱，央求每一个他见到的人解答这个问题，任何人都行。可是，没有，人们对这个问题讳莫如深，因为自己也不在这个世界而感到羞愧，甚至害怕。

事情最严重的时候，他在梦中看见了他和她的前世。一对雨水化成的人儿，他俩在一片干燥的空气中撞上风，破碎了。从梦中醒来，他觉得没有任何出路，只想杀人。

十三

天亮了，麦冬打扫完龙尾路路面上的落叶，开始打扫路东那条无名小路。

一架迷彩色的警用直升机定时飞过头顶，茫然得像一朵没有涂抹好的云彩。天空快速变幻着色彩，隔着两排阔叶榕，基督教堂高高的白色水泥架像一柄刺入蓝天的方天画戟，十字指处，神的语言无人辨听。

人们不知道，天空的尽头其实是彩色的，那里不止有7种颜色，而是65536种，其中大多数颜色在人们的经验之外，人们从来没有见到过，见到了也分辨不出它们。那些颜色在厚厚的云层背后闪耀着，之中默默生活着人们从不知晓的生命，它们全都敦厚友好，它们停留在人们头顶上的唯一用意，只是因为它们爱他们，却无法离开它们所在的地方，降落下来。

麦冬喜欢现在的工作，它让他有机会看到树叶是如何离开枝头，降落到地面，云朵是如何久久覆盖不散，却在风来的一瞬间支离破碎。

一片椭圆形榕树叶离开枝头，落在麦冬的肩头，再从那里滑落到地上，在阳光下闪烁着革质的光泽。麦冬弯下腰，将落叶捡起来。这一次，他没有把它放入垃圾车中，而是小心地揣进衣兜。

有多少人注意过落叶，看着它们慢腾腾离开枝头，慢腾腾划过空中，试图与云朵缠绵，而又徒劳无功姿势优美地飘落到地上？

麦冬注意过。

和爱一样，落叶是一个亘古的谜。当树叶一片片离开枝头飘散向地面时，你无法判断后一片落叶是否在追随前一片落叶，它俩是不是父母和子女、兄弟姐妹，或者一对恋人。但是，当那么多树叶义无反顾离开枝头，接踵扑向地面时，你会相信那些落叶，它们在人们未曾了解的时空中，曾经有过秘密的约定。

麦冬当了九个月保洁员，经手落叶无数，它们被他收集起来，带离原住地，一批批送去处理站，相继化为灰烬。麦冬知道，迟早有一天，他会和那些落叶一样，从生命的枝头飘落下来，和他在这个世界上曾经拥有过的痕迹一起，化为灰烬，无人知晓。麦冬感激的是，飘零的落叶教会了他，生命不会再来一次，人们只是为一次偶然倾尽自己，任何人类的墓志铭都不如落叶在离开这个世界时表达的形式高明，也不如落叶教会他的更多，那个形式中没有后悔和痛苦。

天很快暗下来，黄昏在地平线上跳着最后一段变幻莫测的舞蹈。麦冬换好分拣垃圾箱的收容袋，现在，他干完了今天所有的工作。

麦冬返回北林街，在公园对面的大树边坐下，看夜幕急匆匆翻上塘郎山，大步越过高高的树梢，朝他奔跑而来。

又一片落叶飘荡下来。

明天早上，将有一地的落叶等待麦冬。

十四

麦冬吃完饭，洗过碗，正在收拾厨房的时候，杨铿锵回来了。他替一位业主安慰一只患了痢疾的宠物狗时把制服弄脏了。他把换下的制服丢进洗衣机里，吩咐麦冬尽快替他洗出来，明天他要穿着它参加社区安保检查，相比其他衣裳，他更喜欢弄脏的这一套。

杨铿锵从保温锅里拿出他那一份饭，今天还是煲仔饭，麦冬换了浇头，用的是排骨、油菜和盖蛋。杨铿锵一边吃一边欣慰地告诉麦冬，关于维护婚姻这一条，他想明白了，既然他命中注定要步入富翁行列，自己就得大于问题,乐于接受,把婚姻当作财富来经营,而不是和穷人一样,问题大于自己,拙于接受,把婚姻当成负担来对待。他告诉麦冬,这篇作业已经翻过去了,他现在要把有限的时间放在复利投资和寻找蓝海这类大格局的思路上,这才符合自己的角色定位。

杨铿锵兴奋地说完,发现麦冬没有听他说话,而是站在厨房靠西的窗户前,向夜色中的公园古荔区看。他端着饭碗走过去,顺着麦冬的视线向外看了一眼。

"这个公园利用率有问题,并不拥有太多财富,"他口气认真地评价道,"除了鸟儿的鸣啾和沁人肺腑的植物芬芳,它所剩无几。"

麦冬放下手里的洗衣粉量杯,撤回视线,扭头看身边打着赤膊的杨铿锵。

"温柔点,"杨铿锵大度地冲麦冬笑了笑,"别像一个进城三年还没有学会如何表达的山里人。你忘了,我们很快会学到艺术修养这一课。"

然后杨铿锵告诉麦冬,下周他会离开几天,去广州办件事。他放下饭碗,掏出手机,调出一个视频让麦冬看。视频里,那个人皆熟悉的"又漂亮又漂泊,又迷人又迷茫,又优游又优秀,又伤感又性感,又不可能理解又不可理喻的"台湾女心灵导师正在为一群学员上身心灵修为课,就是那种启动拙火的灵魂引导课程。杨铿锵让麦冬别看美人迟暮的心灵导师,注意听众中一位中年男子。

"有没有觉得,我和他有些像?"他用骨节超大的手指点了点那位中年男子。

麦冬认真看了视频。中年男子坐在一群中年女性学员当中,伸长脖子,半握着拳头,正在认真洞察念头。他有点虚胖,眼睛和螃蟹一样瞪得很大,看不见眼神,牙齿就像电线上站着的一排小鸟,整齐而稀落。说实话,杨铿锵相貌平平,不是什么美男子,但也说不上丑,和眼前这位中年男子的相貌扯不上任何关系。

"你确定在适当地学会了一些做人的品质以后,非得要在现实生活里找到一个样子差不多的同类,这件事情对你学业很重要吗?"他问杨铿锵。

"如果是呢?"杨铿锵盯着麦冬,反问道。

麦冬笑了笑,什么也没说,摁下洗衣机操作钮。

"我知道你要说什么,"9个月的学员经历让杨铿锵历练匪浅,他看出麦冬的心思,微微抬起下巴,鼻孔上仰,让自己处于情绪的积极状态,"喋喋不休并不等于一个人对世界有多么了解,很可能相反,不然他就没有那么多的废话了。但是,我拿一张很可能中奖的福利彩票打赌,你会知道这个世界是怎么建立的,而你并不了解全部的道路。"

杨铿锵收起手机,把吃得差不多的饭煲丢进洗池里,心平气和地拍了拍麦冬的肩膀,走掉了。出门的时候,他哼着一首流行歌曲,好像是他家乡的一首山歌,大约意识到山歌不符合富裕阶层的审美,很快打住,优雅地把门关上。

自打通过了行为课难关后,杨铿锵就开始用世界主人的口气说话,比如"一直盯着饭碗的人只配吃咸鱼煲,你得学会把目光投向外部,赋予世界力量""别期待什么公平,公平根本不存在,谁会目不斜视地从利益旁走过"?诸如此类。在接下来的微语言训练课有了起色后,这种趋势更加明显,他会随时把自己放在主宰者的位置上,用丰富的表情来佐证他对世界的整体认知,让人感觉怪怪的。麦冬知道杨铿锵是谁,也不同意杨铿锵那些从书本中拼凑起来的观点。和大多数植物动物不同,人是一种年轻物种,还没有学会真正的尊重和自我尊重,所以,人们才急切地想变化自己,让自己变成更有力量的生物,关于这个,你不需要做更多的观察,只要看一看街上那些脸上充满渴求的男女,他们身上弥漫着的那种终日被财富渴望炙烤得痛苦不堪的气息,那种气味隔着老远就能感觉到,这在其他植物和动物身上不会发生。

麦冬很快洗完自己和杨铿锵的衣裳,把它们晾到晒台上。杨铿锵的裤子拉链坏了,需要修理一下,这个难不住他。

和荔枝的妈妈分手之后,有一段时间,麦冬和荔枝生活得很困难。在此之前，除了熟练地使用剃须刀，麦冬几乎做不好任何日常生活中的事情，这让他和荔枝的生活充满了凌乱。他不会把从烘干器里取出的衣裳叠整齐，让裤缝和肩线不至皱乱；他不知道炖汤的时候最好放上几颗红螺和杜仲，让汤汁充满生命古老家园的味道；他记不起收集淘宝和京东供货商的地址，这使得家里每月的生活开支至少多出了三分之一；他从不和邻居打招呼，和他们没有任何话说，这让邻里关系显得生涩和紧张。比这更糟糕的是，麦冬看人时眼神冷漠，表情隔膜，会盯着人们的眼睛看，好像他们全是一些预谋作案者，让人觉得受到了侵犯和侮辱，没有任何邻居有欲望和麦冬谈一些生活中的琐碎事情，包括和他讨论他女儿的一些不正常的言行。

家里人也开始对麦冬有意见。他们觉得麦冬不在生活里，不是一个正常人。他的婚姻失败了，这没有错，有多少婚姻不是失败的，多少人愿意站出来坦白失败？他不过是一个普通情景下的普通人，完全可以承认失败，重新开始。但他拒绝<u>自新</u>。家里人认为他的存在影响了他们的正常生活。

真正的麻烦来自荔枝。

女人离开之后，麦冬假装看不见孩子每次吃饭时多摆出的那副碗筷，以及不断被她从储藏室里翻出来的妈妈的某件衣裳。每次吃饭时，荔枝都很安静，埋着头，一勺一勺往嘴里舀饭，从不挑食，只是在咽下饭粒时，她会停顿那么一小会儿，好像在和含在嘴里的食物道别。而且，她开始学会操持自己和麦冬的生活。3岁时，她试图用几件心爱的玩具去超市交换一把麦冬爱吃的红菜苔。5岁时，她学会了给麦冬烫软饼，在蛋饼上撒一层奶白色的芝麻。有一次她搞砸了，被烧红的饼锅烫伤了手指。那一次，她慎重地向麦冬提出，希望麦冬再生一个小孩，这样，在麦冬离开家的时候，她就不必一个人大声说话。另一次，她试探地问麦冬，她可不可以给他做老婆，这样，他们就可以有一个完整的家了。

麦冬对荔枝越过年龄快速生长的诡异现象感到深深的不安，他不知道该怎么对付被生活弄得惊慌失措的孩子。麦冬知道问题出在哪儿，他只是没有办法，做不到。而且，他害怕荔枝知道他生活中发生的那些丑恶和残酷。

每一次执行完任务回家之前，麦冬都会在外面找地方洗个澡，和人们说说话，让自己回到正常人状态。他打开喷洒，让冰凉的清水从头顶灌下，慢慢抑制住急促的呼吸，凭借毅力让自己褪去怨恨的戾气。可这完全没有用。黑暗几乎是他生活的全部，它们不由分说地介入了他的生命。他愿意做一名天使，而且曾经是，但天使不可能战胜魔鬼，这就是他注定的命运。麦冬只能做魔鬼群体中的一个，最黑暗最残暴的那一个。他就像一个孤悬在自己头顶上的案件，无人侦破，但随时都有可能酿成悲剧。

很长一段时间，麦冬嫉妒其他孩子的父亲，他们会教给幼儿园女老师一些幼教学校学不来的知识，以此引得年轻老师的好感，会牵着孩子的手高高地跳过路上的水洼，鼓励孩子将掉在地上的蛾子送到路边的草地上去，在给孩子洗澡的时候讲多萝茜和无胆狮子的故事。他们也许不富有，但在为孩子购买图书和玩具时，一个个从容镇定，挥金如土，好像他们是隐匿民间的某个IT业巨头。麦冬从那些父亲身上沮丧地知道了一件事，人生有些关键东西，比如说父女关系，可能你眼下正好拥有它，但它并不属于你，看上去它在那儿，却已经被命运拿走了。

怪谁？人们在生活中，可从来就没有真正生活过，不知道期待中的生活是什么样。没有人命令谁跪倒在生活面前，或者被生活从身后撞击倒下，人们倒下的原因是因为自己，因为内心放下了，不再牵挂了，做不到继续了，就像落叶，一阵风就能吹落它们。落叶就像这些人，不再牵挂才是他们从枝头坠落的理由。

麦冬修理好裤子拉链，在拉链上涂抹了一点残存蜡烛，让它使用起来更方便，然后去冲了个凉，回到房间里躺下。

闭上眼睛入睡时，麦冬想，人们为什么不相信，不是他们在生活,而是他们被生活"生活"着,他们只不过是生活这件事情的条件和环境?

十五

接下来的一段时间,麦冬非常忙。

夏天就要到来了,麦冬在这座城市滞留的时间临近终点。他打听过,还有一周时间,梅林公园就会开始一年一度的园林整理工作,以免硕果累累的树木遭到游客的破坏,他会在那个时候结束他在这座城市的大半年生活,返回长江边他的家乡,他要在这几天把手头的事情一一做个了结。

最近一段时间,杨铿锵也很忙,而且有些心不在焉。进入6月以后,他停止了所有练习,让人对一贯认真好学的学员如此不负责任的辍学行为表示失望。他回避麦冬,反复拨打几个神秘的号码,和电话那头的某个人小声说话,不断往银行跑,并且向社保局申请了退保手续。他告诉麦冬,过些日子,他会请假去南华寺一趟,去那儿办点事。麦冬察觉出杨铿锵有什么大的举动,可能他有了新的去处,也许,他会像自己一样离开这座城市,但肯定不是去南华寺做义工。这些事情,杨铿锵不说,麦冬也不问,反倒是因为不再出现的纠缠,麦冬暗中松了一口气。

黄昏的时候，那个疯女人又出现在公园的东侧，她急匆匆从麦冬面前走过，在公园东侧的红棉树前站下，激动地冲着天空大声喊：

"你们说清楚，我做错了什么？"

乱糟糟的云朵仍然没有理睬过她，它们快速往西边涌去，好像在害怕什么。

……

事实上，若干年之后，麦冬才弄明白荔枝的恐惧是打哪儿来的。

很多时候，孩子天性中的智慧远远超过大人。孩子的目光和心灵够快，它们能够抵达的尽头，大人永远不可能看到，这也是为什么孩子总会让大人感到害怕的一个原因。

荔枝是个灵通的孩子，她知道生活中发生过什么，一切。

5岁以后，荔枝不再和人说话，对麦冬也是爱理不理，问一句，答一句，有时候连嘴都不张，只是点头或摇头，看上去有失语的倾向。她还时常把自己身上的某些部位弄破，脚指头或者膝盖，让那里擦破一块皮，流出血。她不像别的孩子，既不哭也不闹，蹲在那里，一点点玩伤口渗出的血丝，让麦冬忧心忡忡。

麦冬怀疑荔枝是不是在回避进入他的黑暗生活，或者为他担忧。他找到一位当医生的朋友，希望得到答案。朋友为荔枝做完检查，告诉他，荔枝小小的身体里充满了自虐的忧伤，就像一粒酸甜多汁的颠茄浆果，对光线抱有深深的成见和警惕。麦冬不愿意相信这个事实，他把荔枝不愿意说话归结为他陪她的时间太少。他决定改变这种情况，做一个优秀的监护人。他向上司说明情况，请求调到二线，这样他就不用那么忙，可以每天晚上按时回家，保证所有的周末都和荔枝待在一起。

麦冬永远困扰在侥幸中，却又永远无法依赖侥幸。他决定了要做守护者，却没能做到。有一次，一名被通缉的危险逃犯用自制手枪打穿了一名警员的肚子，那名警员是他曾经的搭档，他整夜都在气势汹汹地赶往各个拦截点的路上。那天晚上，荔枝从睡梦中醒来，口渴的她爬上椅子去倒开水，椅子倾倒，她的胳膊被烫伤了。麦冬接到隔壁那对时常吵架的小两口的电话，匆匆赶回家里。荔枝烫伤的胳膊已经处理过，正窝在青年女子怀里，和小两口亲亲热热地在手机上看《恶魔奶爸》。青年女子笑得厉害，指着青年男子说，男鹿君，我们生个魔王儿子吧。青年男子生气，两个人又吵起来。

然而，这只是开始。很快，幼儿园保洁员在安全通道下发现了缩在角落里默默颤抖的荔枝。这一次，她策划了一场大案，让自己从楼梯上滚下来，左脚第三趾骨折，身上有好几处挫伤。

"我受伤了，你会留下来照顾我吗？"麦冬赶到医院时，医生刚为荔枝打上夹板，她开口说话，急切地问他。

"当然，可你也得照顾我。"他炫耀地向她举起纱布包扎的拇指，"我也从楼梯上滚下来了，我们得互相照顾。"他没有告诉她，她摔断了脚指头，他心疼得要命，不知道该怎么遏止她源源不断的伤害，为这个，他惩罚自己，用手枪柄把自己左手拇指骨敲碎了。

麦冬向警队请了一周假，这让荔枝吃惊，同时显得很得意。她表现得相当好，不用麦冬喂饭，自己上卫生间，去晾台收衣裳，用一只手把它们叠好，放进衣柜，并且恢复了平常的说话频率。她告诉麦冬，她本来打算从窗户跳出去，但是，幼儿园的楼太高，她害怕，所以才选择了从楼梯上滚下来。

"要是我从三楼跳下来，你会陪我两个星期吗？"

"不许胡来！"麦冬大惊失色，"你要敢玩这种游戏，我会把你的屁股打烂！"

荔枝咯咯笑，乐得抽气，这样的麦冬她喜欢。

后来弄清楚，荔枝是因为受了刺激。那天手工课结束，小朋友们吃点心，陶笛和夏岚大声交换对自己妈妈的咪咪的不同感受。她捂着耳朵不想听。她俩还说。她和她俩吵起来。有妈妈咪咪的陶笛和夏岚赢了，骄傲得要命，没有妈妈咪咪的荔枝顿受打击，感到孤立，哭了。

"5·12汉街绑架案"侦破失手后,嫌犯撕票的恶劣后果造成了社会强烈的反应,负责案子的麦冬受到严厉处分,愧疚难当。那段日子,麦冬几乎每天都会从噩梦中惊醒,嫌犯瘆人的笑脸让他疯癫,他喘不过气来,感到没有出路,恐惧地想要摆脱压力。

就是那段时间,他开始陷落,用一只廉价的玻璃葫芦瓶吸食冰毒,然后用针头反复往虎口穴上扎,直到那里布满令人呕吐的针眼。一天夜里,他再度从噩梦中惊醒,从床上滚到地板上,像闻到除虫菊的蟑螂一样到处乱爬,额头撞出血,拼命抗拒排山倒海的毒瘾。荔枝像是什么都知道,不声不响走进他的卧室,把床上的被子拖到地板上,盖在他身上,钻进被窝,从后面抱住他。她一句话也不说,弱小的身子在他背上轻轻地发抖。他不敢回过身去,手中的济泰片药瓶像一坨快要碎掉的冰凌。

麦冬曾经相信,爱可以战胜恐惧,可以挽回一点点撕裂开的生活,现在他开始怀疑了。他终于知道,更多的时候,正是爱制造了恐惧,然后让恐惧变得强烈而顽固,因为它的存在,生活会以更快的速度撕裂成粉尘。

日子不容易,但并不曾停下来,一眨眼,荔枝上学了。

第一个学期,荔枝非常开心,像变了一个人。晚上回家后,她喋喋不休地给麦冬讲她的同学,她的老师,她的开着几朵可怜巴巴的蔷薇花的学校花圃，完全停不下来。在荔枝嘴里，她的同学和老师基本上是一些无所不能的超级英雄马里奥，任何时候都能保护她，那些等同于凋零的蔷薇花则是《魔法禁书》中御坂美琴手中游戏币的化身，别看它们现在不起眼，一旦她遇到危险，它们就会顷刻间活过来，以初速度 3 倍的音速射出，从而保护她。她毫无原则地信任这个世界的放任态度让麦冬十分紧张，不知所措。

麦冬精心策划了一场派对，邀请荔枝的全班同学到家里来玩，对每个孩子进行暗中观察。他手忙脚乱地把柠檬汁放过了头的蔬菜沙拉和炒煳了芝麻酱的热干面放在餐桌上，殷勤地用一次性纸碟将菜肴分成若干份，然后可怜巴巴地看着追逐嬉闹的孩子们从糟糕的简餐旁跑开，去玩"灼眼的夏娜"和"罪恶王冠"游戏。

那天晚上，麦冬认真地和荔枝谈了一次话。他处心积虑地为她推荐了两个他认为可以经常和她相处的男孩。两个男孩不大说话，看她时目光柔和，有一个还有点儿口吃，在她开心地跑向他们的时候，他们会下意识地往后退一步，礼貌地为她让出空间，羞涩地和她说他们正在玩的奥比岛、奇想齿轮、破坏者、大富翁或者双语动脑机，而一次也没有在她面前炫耀亲子音乐课、妈妈的新发式、出境游和绿卡身份。麦冬的意思是，他俩是不危险的好男孩。

麦冬知道，自己不是一个好父亲。没有人告诉麦冬怎么才能做好一个1岁、2岁、3岁、4岁、5岁、6岁，然后是6岁零7个月又12天女儿的父亲。

麦冬想做一个好父亲，但他不是。

还有，麦冬忘了说，荔枝发育得很快，他完全来不及每隔几个月就为她换下那些已经穿不了的衣裳。

十六

在南方，夏天不是姗姗而来，而是气势汹汹地来，两场暮秋大雨一过，赤裸裸的艳阳就成了季节的常客。

小暑前一天，麦冬在电话里预约了时间，借着午餐空当，去社区工作站办理了辞工手续，同时感谢站里的工作人员对自己的关照。后天一大早，他将很早起床，去梅林公园接上荔枝，然后他俩会离开这座城市，以时速120公里的速度，沿着京广高速公路驱行1236公里，回到长江边的家乡。

那一天，麦冬很卖力，把他分管的路段打扫得干干净净，然后又打扫完了北林街。明天还有一天的工作，他来得及和落叶们告别。

晚上收工后，麦冬回到B座3A。

杨铿锵已经回来了，在收拾东西，住处乱成一团，像遭到了抢劫。麦冬感到有些诧异，但也没往心里去，在椅子上坐下来，把自己辞工的事告诉了杨铿锵。杨铿锵点点头，波澜不惊地说，好啊，我也辞了，等着物业公司结算工资，退回押金，我俩可以一块离开这儿，这样谁也不用掏下个月的房租了。麦冬不解地问，为什么，你要去哪儿？杨铿锵一边熟练地打包着书，一边给麦冬讲了下面的故事。

杨铿锵来这座城市19年了。前15年，他和很多人一样，什么也不想，日子浑着过，挺好。他做过流水拉装配工、煤气配送员、冷库搬运工，在沙井养过蚝，在坪山炼过地沟油，去梧桐山盗过沉香木，赚过几个小钱，都拿去塞了老家那个大窟窿。以后，他和几个兄弟开了一间港货店，从中英街往外背货卖，遗憾的是，兄弟为如何分钱反目，最终大家散了伙，连本都没能收回来。15年后，他用5瓶啤酒、一份隆江猪手度过了33岁生日。那一天，他突然觉得，他这辈子什么也没得到，白背井离乡了。那天他喝得酩酊大醉，酒醒后，他立志改变这种命运，让自己变成另一个人。

杨铿锵开始寻找目标，对目标进行跟踪，然后模仿目标的样子训练自己。

花在头一个目标身上的时间差不多一年，结果杨铿锵发现，因为经验不足，他弄错了对象，选择了一个高调人物。对方不但是各种高尔夫球赛中的名次王，还是浪骑游艇俱乐部的风云人物，且不说要练到能够打出低差点新贝利亚水准的球和考上一张 A 级游艇驾证的天价费用他根本无力支付,光是对方身边走马灯似更换的小女友,以及密不透风的职业经理人就够他受的,穿帮的概率百分之百。

他只能半途放弃,寻找下一个目标。

第二个目标花去的时间不长,大概 5 个月。最终他发现,目标是个低调的音乐剧票友,能用声线出色到近乎完美的高音演绎 Moses 误杀埃及士兵那段伤感的唱段,这个他怎么都不行。就算他把法文版《十诫》唱段全都背下来,总不能说,某一天他突然变成找不到音阶的鸭公嗓子,这在目标那些亲友面前无论如何混不过去。他只能放弃。

第三个最惨。杨铿锵花了差不多一年半的时间来跟踪和学习扮演目标的生活。这回他谨慎多了,确定目标不是天体物理学发烧友,不玩赛车,不在业余时间热衷于写歌颂新时代的主旋律歌词,在美国或者瑞士也没有一个与父亲分手多年的歇斯底里症母亲,几乎没有任何复杂的家族和社会关系,看上去,目标在一切方面都符合理想条件。没想到,在杨铿锵准备实施变身计划的前两周,他却沮丧地发现,目标竟然是个 GAY。这意味着,在成为目标本人之后,杨铿锵必须选择海星式性爱,和一个或多个肌肉男上床,这是他绝没法做到的……

"等等，"麦冬觉得不对劲，狐疑地打断杨铿锵的讲述，"你是说，'等待配型的知更鸟计划'不是假设，不是意淫，计划中的确有一个现实生活里的真实目标，而且，你确定要让自己变成他？"

"我说过没有？"

杨铿锵不怀好意看着麦冬，脸上带着故作惊讶的神色。他坐在另一把椅子上，使用着他的快乐脚，它们活跃起来，不停地晃动，表明他正在得到他想要的，或者他有足够的优势从别人那里赢得有价值的东西。他请麦冬回忆，从开始到现在，他什么时候对麦冬撒过谎，欺骗过他，他一直都在告诉麦冬，他要变成另一个人，为此付出了艰苦卓绝的努力。他问麦冬还记不记得，他给麦冬看过一个中年男子的视频，那个中年男子在身心灵修为的课上，他俩长得很像，那就是他的第四个目标，也是最后一个目标。

麦冬的脑袋里嗡的一响，头都大了。他想到杨铿锵的网名，"等待配型的知更鸟"。他忘了一件事，看上去十分驯良而又不怕人类，经常飞落到人身边找虫子吃的知更鸟，是鸟类中唯一能够凭借神秘能力锁定地球磁场，为自己完成准确导航的鸟儿，杨铿锵选择了知更鸟做网名，他已经坚定地认定了自己锁定的人生磁场，只是在等待配型罢了。麦冬顿时觉得他被自己的迟钝愚弄了。他想，蠢哪，我怎么就会想不到？杨铿锵的做法有诸多漏洞，但它符合面向未来的人生准则，这在这个时代不是什么奇迹！

"你是说，你的目标是'阳光天下花园'里某个业主？"

"不然为什么我在这里一干三年，而不换别的工作？"

"别那么做，趁现在什么都没发生，离开这儿，你会把事情搞砸。"

"哈，你已经不是教员了，你被开除了！"

"我不许你这么做！"

"滚回你的过去吧，可怜虫！"

麦冬红了眼，站起来走过去，一把揪住杨铿锵的手腕。杨铿锵用另一只手狠狠扇了麦冬一记耳光，勾下脑袋咬住麦冬的肩膀。他做到了。然后他猝然倒下，头重重磕在水泥地上，一只手臂反剪在身下，另一只手臂奇怪地环住自己的左腿，颈部被一只膝盖顶住，嘴里吐出一堆白沫，整张脸暴出难看的青筋。

"我呼吸不过来……"他呻吟着，粗糙地喘着气，鼻孔和耳朵里蹿出血水。

麦冬朝那个妄想狂脸上狠狠唾了一口，揉开他。后者从地上爬起来，看都没看麦冬一眼，怒气冲冲出了门，稍后回来，手里拿着一大包冰块，天知道他从哪家业主那儿讨来的。他花了很长时间对付鼻血和脑门上的青瘀，在平常练习的那面镜子中认真评估伤势的严重性，然后回到桌边，继续捆扎他的书。

"我会把它们捐到图书馆换书中心，看谁能阻止人们要求上进的脚步，会有别的人需要它们，会有！"他气呼呼地说，飞快地看了前教员一眼。

现在，需要弄清楚杨铿锵的计划了。但杨铿锵拒绝在最后时刻惹上麻烦，咬死也不肯说出"等待配型的知更鸟"计划中最后那个目标的任何信息。何况，他的确没有欺骗麦冬，他说过要变成另外一个人，而且始终朝着这个方向努力，麦冬能够在梅林公园附近找到一张七尺长的床，并且成为他的教员，正是努力环节中的一部分，只是，后者一直把它当成一个妄想症患者的可笑假想，从没质疑过"等待配型的知更鸟"计划的真实性问题。

麦冬只能恢复职业思维，凭借散乱的信息，对可能发生的事情进行推测了。

杨铿锵的目标是一个没有妻子和孩子，没有父母和嫡亲兄妹，活像来自另一个世界的亿万财富拥有者，可能患有一定程度的社交恐惧症，"阳光天下花园"是他众多物业中最不起眼的一处，因为藏匿在塘郎山脚下，适合隐身和闭关。杨铿锵收集了关于他的所有资料，然后拟订计划，开始了漫长的配型训练。11天前，也就是杨铿锵向物业公司请假消失掉那天，目标按照事先与寺庙的约定前往南华寺，开始漫长的闭关修行，推测时间可能超过一年。这段时间，关主将身处一间不足18平方米的关房内，杜绝外缘，诵经持咒，过午不食，专注瑜伽密法研究，除了担任护关职责的私人助理，不与任何外人接触。杨铿锵在同一天乘和谐号动车去了广州，再从广州南站乘G6102次高速列车前往韶关东站，下车后步行300米，转乘南华寺旅游专线客车，来到曹溪边著名的南禅祖庭，混在一群瞻仰六祖道场的美、加香客中进入寺庙，确认目标是否出现在那儿，同时伺机核实目标在修行僧度牒上的闭关时间，然后离开，这期间避免与目标照面。接下来，返回这座城市的杨铿锵将辞去工作，离开"阳光天下花园"，走进一家早已联系好的美容院，按照事先与美容师严格研究过的模板，接受一系列易容术。在此之前，他已经在朋友圈散发了他将离开这座城市，去别处打工的消息，他会继续保留朋友圈一段时间，同时将利用数据库事先编制的内容发往朋友圈，直到某一天突然消失，人们再也找不到他。这是计划中最关键的一步。如果不出现意外，12个月后，匿身于市井中并且最后一次走出某家美容院的杨铿锵已经完成了他的华丽转身，完全变成目标的样子。没有人能够认出12个月后的杨铿锵和目标在容貌上有任何区别，也没有任何人能再见到昔日的杨铿锵。而这个时候，目标完成了无上密法复杂的证悟，以成就之身结束漫长的闭关，根据关主与客堂事先不事声张的约定，启关牌仪式将被取消，在简单的回谒奉香仪式后，关主将悄悄离开客堂，心静身轻地按计划返回深圳，在深圳停留两天，返回港岛、多伦多或者奥克兰的私宅中开始新的生活。不同的是，目标对象的这个计划将彻底终结，因为杨铿锵将会在半道上劫持他。可以想象，当目标突然看见面前出现了另一个"自己"，那肯定是一幅诡异的场面。剩下的事情就没有悬念了。根据"等待配型的知更鸟"计划最可能出现的终极结局推测，目标将在无人知晓的情况下消失得无影无踪，而杨铿锵则会以富翁的拟身面目出现在人们面前，同时也出现在富翁的财产报表上，只是，因为无上密法神秘的加持，这位前社区保安杨铿锵变成的富翁会向本来就稀少的家族和社会联系人真诚表达大圆满的启示，他将在闻解脱、触解脱、见解脱、系解脱后断绝三有根本，前往藏地终身修行，并且从此消失在人们的视野中。

毫无疑问，这是麦冬经验中所知道的最为疯狂的计划。

"你打算怎么处理那个倒霉的家伙？"麦冬追问杨铿锵，后者已经收拾完他的行李，准备离开了，"为他建造一座终身闭关的客堂？"

"别以为我只会纸上谈兵，我有预案，就算出了差错也有办法弥补。"

"你指克里斯·安吉尔的消失术,彻底把他变不见?你会让自己身首异处!"

"对不起,你的工作已经结束了,不是我在这件事情上的讨论对象。"

"你会把事情搞砸,你会找不到自己!"

"你说对了,我不想再见到现在的自己,这正是我要做的。你不知道的是,败给梦想并不可惜,败给现实才可悲。"

放在过去,麦冬会立刻将杨铿锵列为追捕目标,如果杨铿锵反抗,他会用手枪柄敲碎他牙齿,再把他送进监狱,他会在那个罪恶的索多玛之城被迫接受肛交,从此再也不会微笑地迈着成功者的四方步走路。可是现在,面对这个苦心孤诣并且正在走向成功配型的狩猎者,麦冬无计可施。

天色已经很晚了,麦冬没有煮饭,坐在椅子上发呆。杨铿锵不愿意再和麦冬说话,收拾完东西后,进进出出了两次。大约夜里11点,他办完需要办的所有手续,拎着简单的行李出了门。在门口,他停了下来,回头看了麦冬一眼,好像在看一只被踢到马路上破碎掉的水泥花盆。

"我不想说谢谢你的帮助,那样显得我俩都虚伪,"他说,"走出这个门之前,也许我俩该换一下角色,让我教你一点什么。"他放下行李,站直身子,"知道我俩区别在哪儿吗?"

麦冬默默看着杨铿锵。

"你只相信命运,而我相信奇迹;"杨铿锵充满自信和平静的脸上再也看不到因为内心的孱弱和外部力量的主宰而产生的不适表情:小心、紧张、笨拙、奉承、忧虑、压力、沮丧、恐惧、受伤、厌烦和坐立不安,他完全成了一个新人,"你只想着别输掉人生,而我除了赢得一切,什么也不考虑;你给自己设置障碍,而我专注机会;你厌恶富有的成功人士,而我欣赏他们;你只选择一种生活,而我,只要能得到的一个都不会放弃;你因为害怕而停滞不前,所以你永远都会失去,我也害怕,也许比你更害怕,可我不会让自己停下来,我会行动,哪怕被打进十八层地狱,我也会哆嗦着从那儿逃出来,再次开始。"

站在B座3A门口的杨铿锵身体笔直,双腿微微张开,双肩有力而放松,即使穿着一套廉价的便装,姿势也完全是支配者的样子。他的目光中充满了无比自信,你可以在好莱坞大片中看到类似的目光,雷神、绿巨人、刀锋战士、黑色天使、钢铁侠、超胆侠、金刚狼、制裁者、灵怪博士、终极复仇者……

他说得对。麦冬想。他说得对。

大门拉开,然后在一个上路者身后恰到好处地掩上,那里仿佛什么都没有发生过。

十七

麦冬打扫完龙尾路和北林街,将最后一堆落叶收拾上车,收集完所有的垃圾箱,为它们换上新的分拣袋。现在,他结束了在这座城市里的所有工作。

黄昏正在来临,麦冬收起扫帚,喝掉剩下的半瓶矿泉水,用尾子水洗掉脸颊上的一块泥,把工具车推过马路,送回"阳光天下花园"车库。他在工具房里停留了一会儿,将工具一样样检查过,清洗干净,脱下反光工装,折叠好,和工具放在一起。收拾完这一切,他再度检查了一遍 10 个月来一直静静停在那儿的坐骑,确保它没有任何问题,然后在水龙头下痛痛快快洗了一把脸,离开车库。

麦冬返回龙尾路,这一次,他哪儿也没去,径直穿过马路,走进梅林公园古荔区,爬上一段不长的斜坡,来到古荔林,在树林中坐下。

据说,这些高大的荔枝树已经活过了千年,它们与一段古传奇有关。

麦冬仰头向上,眯着眼睛看茂密枝头悬挂着的累累果实。他觉得那些果实的样子非常好看,是他见过的最好看的果实。

"你猜,我是谁来了?"荔枝咯咯笑着说。

"我想看我怎么长在树上,树怎么把我生下来。"荔枝困惑地说。

"我没长大的时候,我不会喝牛奶,你会来看我吗?"荔枝在黑暗中说。

麦冬知道,他全知道,所以现在他坐在这儿。

麦冬在南海7月的熏风中发着呆,享受着黄昏来临前突然降临的安谧。他的眼睛里全是荔枝晃动的影子。

日落前,一大群红尾环纹蝴蝶从梅林公园茂密的高树上升起,在最后的夕阳中向西南方向的红树林湿地飞去。公园中至少有20只灰林鸮,它们不在蝶群中。麦冬曾经试图找到那些灰林鸮的栖身地,未能得逞。它们像一群瘾君子,总是在夜晚到来时不断地叫着"可可、可可",急不可待地从人们的头顶上飞过,而更多的森林精灵在同一时刻穿过人们的身体飞走,人们看不见它们。

麦冬不是不知道这个道理,每个人都会离开自己的亲人,这需要一段很长的时间,人们需要用这些时间来适应,渐渐接受失去。但是,荔枝根本没有给麦冬做好准备的机会,她好像害怕接受麦冬在她之前离开这件事实,不愿意接受这件事,决定提前让自己长成成熟的果实,突然之间,连告别都没有就从树枝上坠落下来。

麦冬永远记得荔枝最后一次背着书包去学校的情景。那天他俩拌了嘴。她希望他去参加她的秋季运动会。她的班有一个 4×100 米项目，她是最后一棒，他应该看看她跑得有多快，快到没有人能够追上她。他没答应。他当天要赶去另一个城市，为一桩梦游杀人案结案。嫌犯根本无法控制自己的行为，已经杀死了自己的外婆和一名邻居，伤害了包括她妈妈在内的 3 个人，晚一天结案，被害者的名单会快速递增。

"不管你以后怎么求我，"荔枝眼泪汪汪冲他大声嚷嚷，"我也不会做你的女儿了！"

荔枝的裤脚有些显短，露出发毛的彩色旅游鞋帮，那里有一段没系好的鞋带，它在她冲他怨怼地扬手挥了挥跑开的时候，带动起一片落在地上的树叶，那片落叶本来安静地停在巷子口，它被拖出很长一段距离，蹿上马路，直到一辆泥头车撑上它，从它身上，也从那个奔跑着穿过马路的小人儿身上碾过去。

如果你爱一个人，当她被死神带走的时候，其实你也死了。

麦冬剥夺了荔枝多少希望，不曾在她活着的时候还给她。但他不相信她死了，这不是事实，他觉得这一切就像风一样，它来过你身边，吹落一些树叶，又离开，去了别的地方，留下一地落叶，很长一段时间，它不会再回来，但它只是盘桓在别处，或者去了更远一些地方，并不等于它不在了，不等于枝头不再有树叶。

麦冬只希望在荔枝消失的地方，在她离他而去的方向，她经过的每一个地方，他会出现在那里；在她匆匆离去的整个旅途中，他会追逐而至，坐在她曾经或者将要通过的那条路上，等待天黑。麦冬会在那里心无旁骛，闭上眼睛想象空气的样子，云彩变幻的样子，时光从大地上掠过的样子，星星和另一颗星星对视的样子，落叶和回到枝头的新芽的样子，生命逆生长的样子……

十八

如果你观察过生命，不，如果你观察过落叶，请说出它的品质。

安静，优雅，不假思索，连绵不断，执着，沉默不语……

2016年1月18日

写于深圳数叶轩

2017年2月17日

定稿于深圳数叶轩

带你们去看
灯光秀

整个疫情期间倪秋鸿都忐忑不安，担心事情会搞砸。倪秋鸿担心的不是病毒，他在福田一所中学教语文，热爱古典诗词，对寿命超过34亿年的病毒了解不多，也阻止不了它们。但他知道他妻子杭思嘉和她闺密文小青，她俩和某些怪力乱神的细菌一样不好对付。倪秋鸿担心她俩这次见面会闹出不愉快——这种事不止一次发生过——而这次的见面却无法避免。

当人们被疫情弄得焦头烂额的时候，文小青和杭思嘉却像身处另外一个平行世界，在视频中持续讨论一件事情，在深圳买房。文小青和许森的女儿大宝在新加坡读书，疫情中，一家三口不断纠结大宝是回国避难还是留在星岛抗疫，夫妇俩想离孩子近一点，近到只要孩子动了闯关的念头，登上万元票价的新加坡航空或者捷星航空，一过口岸，他们第一时间就能见到她，陪她"14+7"，陪她哭闹，"黑死病"和"上帝之手"都不能阻止这件事情。如此，文小青决定卖掉洛阳的房子，在深圳买房，建立一座接应女儿的桥头堡。作为文小青最好的闺密，在深圳生活了20年的杭思嘉理所当然成了文小青的置业顾问。

和疫苗的研发几乎同步，在闺密俩经历了长达10个月的方案讨论后，冬季的一天，文小青夫妇终于随着新上市的疫苗一起出现在宝安机场。

"没想到深圳这么热，洛阳冻得连门都不敢出，你们也太享福了吧。"一出航空港,文小青就和杭思嘉热烈地拥抱在一起,"就想早点见到你,我逼许胖提前3天订的票,不信你问许胖。对吧,许胖?"

"一点没错。"许森拘谨地笑了一下,两只大镜片滑落到鼻梁中间。

和几年前比,许森发际线周围的头发更加稀少了,人显得有些臃肿。他推着行李车,冲倪秋鸿羞涩地点点头,没有过来和他握手。防疫措施提醒不要握手,他们夫妇俩也按防疫要求提前做了核酸检测,但真正的原因倪秋鸿心里清楚,许森当年研究生论文没过关,是同门师兄倪秋鸿替他重新梳理了选题,写了开题报告,帮助他补充材料、定稿和准备答辩,为此事许森在师兄面前一直抬不起头——倪秋鸿个头一米八三,高出许森9厘米,俩人握手显得太抢眼。

"别告诉我你们在飞机上吃了垃圾餐。"杭思嘉说,"我让秋鸿在唐宫订了座,粤式茶点就得传统西关味道,我们才不会选择点都德那种概念店呢。对吧,秋鸿?"

"绝对如此。"倪秋鸿微笑着说,"思嘉一直坚持标准。"

倪秋鸿的真实想法是,闺密俩也拥抱得差不多了。一对青春已逝,风韵不再,穿着打扮又过于刻意的中年妇女在往来如鲫的旅客通道上黏作一团,场面并不怎么雅观,过于热烈的肢体缠绵反而会让人联想到岁月不堪制造出的焦虑。

但还能怎么样？杭思嘉和文小青是最好的朋友,她俩同是洛阳东方红锅炉厂子弟,出生时正赶上风沙猖獗的年头,可是,这没拦住俩人都长出一只清水净瓶似的酒窝。对,不是一对,是俩人脸上各有一只。倪秋鸿一直想弄清楚,这和她俩最终成为不离不弃的闺密有没有什么隐秘关系。

杭思嘉和文小青打小就优秀,谁也不让谁,又离不开,整天黏在一起,从子弟学校当正副班长到结婚生子,一直是公开的闺中密友和暗中的竞争对手。问题是,俩人偏偏嫁给了同出师门的倪秋鸿和许森。那会儿倪秋鸿和许森在北师大读研究生,学一门说出来有点奇怪的专业:彩票。文小青最早看上的是倪秋鸿,可倪秋鸿爱杭思嘉,文小青一气之下改向许森发起进攻。倪秋鸿和许森深知,在电脑程序筛选出的号码中,选择最不受人关注的号码,最有可能赢得大奖,可他俩却犯了男人都会犯的经典错误,被相当惹人注目的杭思嘉和文小青勾得五迷三道,双双被拿下。"洛阳女儿对门居,才可颜容十五余",这就是两个家庭世俗故事的开始。

倪秋鸿把别克JI8开出交费处,驶上回城的高速路。

户外阳光明媚,让人心情舒畅。文小青对南方冬天拥有的幸福资源已经表达过胡塞尔现象学批判了。倪秋鸿希望她忽略阳光的刺激,以便减少不确定的心理活动,不然她会以一个竞技者而非置业者身份投入对杭思嘉的持续攻击。倪秋鸿从后视镜里观察了一下。文小青像一只优秀的瘦肉型番鸭,和像体型小而脂肪发达的清远鸡的许森,俩人奇妙地依偎在后座上。不知何时,文小青已快速地为自己补过妆,此时眉眼开朗,脸色正常。这让倪秋鸿松了口气。

"小青,毛衣脱了,别不好意思。"杭思嘉抿着嘴,让视线离开后视镜。

"还好,没觉得太热,就是座位有点硌。"文小青不安地挪动着身子。

倪秋鸿觉得问题不在这里。上车前,他监督每个人用酒精仔细洗过手、用消毒湿巾擦洗了脸和脖子、换上新口罩、套上一次性鞋套,脱下来的棉衣用塑胶袋封好,放进了后备厢,作为家庭接待办主任,他确定自己没有留下任何后患。他知道问题在哪儿,一见面,闺密俩就斗上了。

"这是我们第二辆车了,你知道,基于环保,我们不打算再换,至少暂时不换。"杭思嘉心知肚明,说这话时她没有看倪秋鸿。

"当然,谁也不会对一个惨遭蹂躏的地球有好感。"文小青口气笃定,这源于闺密俩在长达10个月的深入讨论中对有关政府、大湾区、贸易战、口岸开放和楼市曲线等一系列政策的钻研，让她融入了角色。"但我觉得还是BBA7系坐得更舒服。你说对吧，许胖？"

"那还用说？"许森一副做定臣子的口气，不过，他还是忍不住补充了一句，"主要是零百加速5.39秒，这才是驾控精髓的体现。"

"谁说不是？"杭思嘉抿嘴笑了笑，不予追究。

倪秋鸿暗自笑了。文小青和许森的情况他俩知道，没有权贵之家底子，薪水加一块抵不上杭思嘉的年奖，拿什么加速？倪秋鸿和杭思嘉不同，他俩一个教育，一个医疗，占据了深圳两个重要领域，是这座城市的主流人群。两千万分之二，不显眼，可你忽略掉试试？

"路上差不多50分钟，趁这会儿工夫，给你们汇报一下最近看的两个楼盘。"杭思嘉说。她不希望把时间花费在毫无价值的虚荣事情上，这与深圳精神不匹配。

"不行。"文小青身子往前倾，拦住杭思嘉。看得出她的确有点急躁，也许和杭思嘉脖颈上那颗大溪地黑蝶贝珍珠有关，那是倪秋鸿在杭思嘉45岁生日时用课题奖金送给她的礼物。

"我俩一直说房子的事，也没问问你们过得怎么样，也太自私了，现在说你们的事。"文小青动情地说，"怎么样，深圳一日千里，你们在奔腾年代吧？"

"何止奔腾，简直是光速。你说呢，秋鸿？"杭思嘉看倪秋鸿，算是侧面回应了之前关于BBA7系零百加速5.39秒的问题。

"还用说？情况明摆着。"倪秋鸿不想渲染，他得控制住杭思嘉的节奏。

"累得根本没时间吐血。"杭思嘉有些伤感，这倒不是装，她付出了太多，殚精竭虑，"你没见我黑眼圈？还有秋鸿，好像我俩从熊猫那里偷了DNA。"

"声音合适吧？"倪秋鸿问后座，他指车载音响。他希望杭思嘉的煽情不要过度，对在"春风不识兴亡意，草色年年满故城"的洛阳生活惯了的文小青，事业轨道上的高节奏也是一种刺激。

"好在深圳没有天花板。"杭思嘉完全不接受倪秋鸿的暗示，"听说过天花板这个词吗？据说内地挺忌讳这个词。"

"可不是，和一辈子拿着重叠码一样忌讳。"许森咕哝了一句，很快看了一眼自己的妻子。

"看我干吗，我和思嘉的关系什么话不能说？"文小青瞥了许森一眼，回头亲热地把身子欠向杭思嘉，也不在意瘦弱的肩胛被安全带勒出一道深印，"世界真的看不懂了，都讲新起点。亲，告诉我，新起点在哪儿？"

"你病退不是办下来了吗，怎么，打算复出？"杭思嘉说。

"我对体制生活可没有真爱，反正不可能有更好的结果，认命了。"文小青快嘴快舌，"问题是许胖，遇到又蠢又贪的上司,根本没办法干下去,就是你说的,一头撞在天花板上。"

"老许又打算跳槽?"杭思嘉感兴趣了,"不会吧?"

和倪秋鸿来深后主动换专业不同,许森当年分回老家的体彩中心,因为陷入一场臭名昭著的假球团伙案被除名,以后20年里换了6份工作,这是倪秋鸿和杭思嘉已知的数字。

"真有槽跳就好了,至少单位管五险一金。这回他彻底荣休了,回家和我大眼瞪小眼,我俩整天吵架。"文小青像是被世界得罪惨了,"有件事困扰了我半辈子,就不明白,哎,思嘉你说,为啥男人什么事都干不好?"

这消息可不怎么样,放在谁身上都不好受。倪秋鸿有点替后座俩人难过,同时多少替自己的学弟抱不平。要说许森是个能干的男人,他也说不出口,可谁都知道文小青在冤枉许森,叫他操把饭勺去捅哥斯拉他敢,叫他和文小青吵架,他宁肯抹自己脖子。

倪秋鸿朝后视镜里看了一眼。许森在后视镜里忸怩地笑了笑,脸扭到一边,做出对路边大团凤凰花丛下"来了就是深圳人"的大幅标语感兴趣的样子。

"我们没有天花板。"杭思嘉没忍住,兴冲冲说,"秋鸿今年晋升高级教师了,担任语言教研室副主任,主任是主管副校长,实际上秋鸿管事儿。"

"是吗？"后座的人惊讶。

"知道他同事怎么评价这事？一个崭新时代，他们正在征服僵硬的罗湖区教育界。"

"是深圳，老婆，还有世界。"倪秋鸿没憋住这个委屈，"等疫情结束，欧洲喘过气来，我们的交流学生就奔赴德国和英国了。"

"看，我就是容易忽略身边的人。"杭思嘉伸出左手温柔地碰了碰倪秋鸿的右膝盖。

产科大夫的手柔软如荑，倪秋鸿立刻安静下来。她知道他多不容易，为了这一切，在遇到职业瓶颈时他没有犹豫，咬牙转行教育，因此失去了多少乐趣，除了等待手下青年教师上传教案改革报告时打打"第五人格"，他没有任何个人娱乐，连罗伯特·安森·海因莱因的小说都戒掉了。当然，现在这一切都结束了。

"语焉不想留在澳大利亚，说好学业一结束就回国。"杭思嘉有些失望，她希望宝贝女儿留在那个泡在海洋中的岛国，和袋鼠一起快乐地生活，"至于我，没什么新鲜事。"

"还当着副主任医师？"文小青愤愤不平，像是准备出手为闺密讨个说法。

"那是一年前。已经转正了。"杭思嘉不动声色。

"喂，这么大的事为什么瞒着？这不是我俩最大的理想吗？"文小青的声音又尖又细，显得有些夸张，"许胖,明天咱们请思嘉吃饭,为我心中最伟大的大夫办个漂漂亮亮的庆功宴,秋鸿作陪。"

倪秋鸿能理解这种安排。当年杭思嘉和文小青从医学院毕业,说好和倪秋鸿许森一块闯深圳,许森最后时刻放弃,她不得不跟许森回到洛阳,在锅炉厂当了一名计生员。三年前厂子被互联网企业收购改做仓储,医疗外包,文小青买断下岗,梦想从此休矣。杭思嘉不同,工作两年后考了985硕博连读,在博士如云的三甲医院杀出一条血路,无论学历还是事业,闺密俩已经拉开了长长的距离。

"别那么激动。"杭思嘉明显口是心非,"你知道,我就像天下初产妇的亲妈,每个人都恨不能让我把他们了不起的儿女迎接到这个世界上来,忙得有时候我都神情恍惚,觉得这个城市一半小公民是我接生的。"

"太了不起了!亲,我为你骄傲!"文小青说。

不知为什么,倪秋鸿感到隐约不安,他觉得事情有点一边倒,这可不像平时势均力敌的她俩,难道疫情真的改变了世界的平衡?

好在,这对闺密相当自然地完成了过渡,很快进入正题,关于文小青夫妻俩来深圳的目的:买房。

就倪秋鸿所知道的情况,这对闺密在席卷全球的瘟疫中整整讨论了大半年,几乎不可能有什么细节会被忽略。她们的决定相当明确,去他的nCoV毒株、

D614G突变、Cluster5变体和501YV2变体，去他的中原、链家、贝壳和Q房，她们有足够的能力为自己——为文小青——杭思嘉最好的朋友找到一处逃避世界末日的世外桃源。

"先说个题外话，"杭思嘉胸有成竹，"我觉得宜家风格不适合你们。南方潮气大，传统红木也太浪费。"

"你总那么聪明，一说就说到我心坎上。"文小青在后排发出愉快的笑声，可以肯定，此刻她非常愿意脱下显得多余的毛衣。

"我想好了，你们应该添置一套柚木家具。我是说，一整套。"

"那还用说，必须全套，不然许胖会说我不如别人想得周到。"

"但也不一定，也可以考虑皮质家具。"

"你不会说Part牌子吧？"

"就是它。上周我专门去专营店看过。"

"勤打油，处理好防霉，别让皮质变硬——"

"问题是，你不会还像过去那样懒得抽风吧？"

"真是恨死我自己了，比之前更糟糕。"那一位在后座上快乐地摇晃着，"你呢？"

"什么？"

"你家那面墙，我一直没好意思问，咱俩视频时，你身后黄乎乎一片，用的什么墙纸？"

"欧雅。"杭思嘉底气有些不足,"浅米色。你是不是觉得土气?"

"不,只是和你鲜明的风格有点撞。"文小青推心置腹,"不过,那种背景,恰恰让你拥有一种独特的冲击力。"

"你确定?"

倪秋鸿悄悄看了副驾座上的妻子一眼。杭思嘉就像手术时拿错了二分之一弧度的弯圆针,一脸懊恼。她本该直接从手术盘里拿起那根三角针。倪秋鸿心里一块石头落了地。这就对了,现在她俩打了个平手。

倪秋鸿知道妻子藏在内心深处的尊严。杭思嘉从来没有和文小青提起过他们的房子。事实上,他们仍然住在来深3年后分期付款买下的一居室里,那是他们当年能够做到的最好结果。他们需要证明能靠自己的努力拥有一切,证明他们当年的选择是对的。20年过去了,周边城中村陆续改造,因为政策原因,他们一个个成功地摆脱掉他们的那套土拨鼠穴居。每天下班回家,走进他们那个寒碜的老旧小区,他们就像误入了布罗卜丁奈格国里的格列佛。然后时间到了6年前,他们不得不在行业整顿中退掉南山的三居室预订,拿回首付款,帮助杭思嘉悉数退回一大摞数目惊人的手术红包,如果不这样——如果杭思嘉不那么在意团队脸面、刑事诉讼和职业虚荣,她完全可以用太阳系的任意颜色打扮他们新家的每一堵墙面。

"不提这个，说你的事。"杭思嘉打起精神，"房子我替你选好了，重点推荐两个楼盘。"

就像迎接一台十月分娩的出色手术，杭思嘉把一切都准备得十分妥帖，她为闺密——当然也包括闺密的丈夫——推荐福田的益田村。那是一座多数人主义建筑群，拥有108栋住家楼宇和7405户人家，听上去就像"佩利·罗丹"系列中的Swarm人工星团。超大盘意味着开发商实力，代表配套保障，这个谁都清楚。美中不足的是，二房户型一开盘就抢光了，剩下少量三房，下手慢了，连这个也剩不下。谁让如今的楼盘具有无穷嵌套能力？而嚷嚷了半天的科技股至今没有战胜楼市。

"不是没有缺点。"杭思嘉口气就像在替闺密考虑是否有必要选择VIP分娩套餐，"我担心你们不需要这么大的空间，毕竟还贷有一定压力。"

后座上两位沉默了。

倪秋鸿同情地向后视镜投去一瞥，看到文小青脸上挂着一种奇怪的僵滞的微笑。他能理解，相当理解。谈到楼盘，他也常常做如此状。不过，优秀的大夫永远会有第二套备案，这一点倪秋鸿非常清楚。他在心里默默对后座两位说，别急啊，别急。

杭思嘉接着介绍另一个楼盘，宝安的桃源居。相当成熟的优质小区,拥有地铁五号线和6个公交车站,教育配套从幼儿园到大学,如果你恰好是卡控,入住的第一天就能在方圆一公里内找到所有叫得出名字的银行。优势是,桃源居有现成的两居室,非常适合爱女心切的中年夫妇做翘盼据点。

"你觉得呢?"文小青干巴巴地问许森。

"你说了算。"许森讨好地回复,"我们一直这样。"

"谁知道大宝以后选择在哪儿生活,我俩以后肯定得跟孩子走。"文小青回应杭思嘉,听得出她心灰意懒,深深陷入了某种难以言表的困窘。

"一居室呢?"杭思嘉有些犹豫,"我光考虑性价比了,你们这种情况,一居室也不是不可以。我再问问有没有二手的一居室,也许有人嫌一日千里太慢,打算去一日万里的地方发展,愿意出让他们的房子。"

后座上的两个人不置一词。后视镜里,文小青的神色让人看不懂,而许森则一脸尴尬,挪动了好几次大镜片。

杭思嘉和倪秋鸿对视一眼。他俩有点愧疚。他们应该知道那两位的底子。那年杭思嘉和倪秋鸿回洛阳过年,许森在位于西关街他祖上的老宅子里设宴,请他们吃"鲤鱼跳龙门",许森大动干戈,亲自上手做菜。杭思嘉和倪秋鸿走进四面漏风的许宅,先被斑驳木门发出的巨大声响吓了一跳,等小心翼翼踩着几乎朽掉的楼梯上楼时，杭思嘉崴断一只鞋跟，鞋跟直接掉到楼下发廊一位顾客脸上。那天菜的味道倪秋鸿还记得，鲤鱼氽老了，汤汁过咸，萝卜雕的龙头没炸透，荸荠搭在盆沿上，龙须浸泡在脏乎乎的汤汁里，要让写下"点额不成龙，归来伴凡鱼"的李白看到，还不活活气死？就算那套梁柱歪歪扭扭、墙上糊满报纸、满屋挂着裸露的电线的老房子已经卖掉，加上分房时代单位分配的筒子楼单间房出售金，也不够这里的两居室首付，你需要借助艾萨克·阿西莫夫的科幻脑子才能想象出，他们要怎么剥皮剔骨才能凑足剩余部分。只怪杭思嘉心诚，太想让闺密住得离口岸近一点，这样他们就能在第一时间拥抱因为烦琐的隔离政策耗到筋疲力尽的可怜女儿，这才让事情出现了失衡。

倪秋鸿能够想象妻子遇到了什么情况。她现在非常孤独，在阳光绮丽的深圳，在返回市里的高速公路上，她正眼睁睁失去生命中最重要的朋友的信任。

"好吧，这样，我们不考虑益田村和桃源居，这样办……"杭思嘉摆脱掉可怕的内心谴责，一副果断选择难产剖宫术的口气。

"我先说。"文小青拦住杭思嘉，有点吞吞吐吐，"我要说了你别怪我。"

"怎么会？"杭思嘉在所有分娩意外中都充当着那个坚定的救命恩人角色，唯独不喜欢为早产孕妇手术，如果可能，她宁愿放弃博士学位也会坚持离开手术台，"还是两居，总不能大宝回来和你们挤一间房，以后孩子处对象了怎么办？我想好了，换成光明或者平湖，那里房价低四成。"

"是这样，"文小青干巴巴地说，"房子我们已经买下了。"

"你说什么？"

杭思嘉吃了一惊。倪秋鸿也一样。杭思嘉扭过头去，想看清谁在说那句话。倪秋鸿没有，他正变线上超车道。

"就是说，我们已经下单了。"

"开什么玩笑？"

"没骗你。合同网签的，订金付了，这次来是看实景。许胖，你说对吧？"

"当然。"许森很高兴有机会说话，他吐出一口长气，目光从窗外收回来，"那还用说？"

"你不会告诉我，你们在东莞和惠州下的单吧？"杭思嘉有点着急，"我知道你们不用上班，有的是时间，可从那儿到口岸少说得一个半小时。"

杭思嘉不光着急，还有些不高兴，为这件事情她付出了多少心血？她连续20年没有睡过一个囫囵觉，却披头散发去看过30个楼盘——倪秋鸿喜欢过干瘾，到处看新发盘的楼盘，然后在朋友圈里或点赞或吐槽，而她因为退红包的事,眼睁睁失去南山的新家,心里落下强烈阴影,从来不陪倪秋鸿去看任何楼盘。

"那倒不用。"文小青有一种不安的负罪感,"我是说时间。我问过,到深圳湾口岸和皇岗口岸的距离都不超过半小时,问得非常仔细才下的单。"

"你们在哪儿买的房?"

"波托菲诺纯水岸。"

"华侨城?"

"177平方米,三房两厅两卫带个大露台。"

倪秋鸿刹了一脚车。一辆出租车没打转向灯变道,差点儿蹭上。他不确定自己听到了什么。那是市中心的超级楼盘,位于深南大道和北环大道之中,南接欢乐谷,东畔天鹅湖,均价12万,根本不是人住的地方。

"160度海天视野,天际音乐厅和室内网球场,虽说是二手,但也值。"文小青摆脱掉羞耻感,开始兴奋起来。倪秋鸿感到后座有什么在膨胀,那是三人座,能装下两千公斤发好的面团。

"说实话,我喜欢260平方米五居户型,精装修新房。可许胖说咱们一时半会儿拿不出那么多钱,先凑合着住,有条件了再换。对吧,许胖?"文小青说。

"还用说?你决定。"许森咳嗽一声说。

"出了什么事?你们中彩票了?"杭思嘉相当困惑。

"差不多吧。"后座传来文小青底气十足的笑声。

倪秋鸿把车载音乐关小,让深情的《春天的故事》消失掉。那是他为后座两位特地选择的荣耀曲目,自他们上车后一直在循环播放。接下来的几分钟,他和杭思嘉听到一个只有在跨年演讲中才会露面的财富故事:

老城区拆迁,许森祖上传下来的那套摇摇欲坠的西关街老房子在红线内,他们获得了一笔拆迁款,由此促成了文小青要到深圳买房的决定。这期间,许森办理了离职手续,那天他喝醉了,被文小青赶出家门,在外面游荡了30多个小时。这30多个小时,有两个小时他用来办理拆迁款领取手续,20分钟用来做一件看上去他这辈子根本不可能再涉足的事情:彩票。一辈子唯妻子马首是瞻的许森这次犯了浑,借着宿醉负气用拆迁款的35%下注大乐透加奖期彩票,谁知两天后开奖,竟然糊里糊涂中了一千多万。这件事情把许森吓坏了,也把文小青吓坏了,有好几天时间他们连门都不敢出。文小青不断地审许森,问他是否旧疾复发,又惹上了案子,求他告诉她。他发誓不会让她和大宝成为孤儿寡母。许森当然没有惹上案子,一切合法合规,如果非要他说点什么道理,只能说他两年硕士没白读,灵光乍现了。他们还有什么办法?除了第一时间拥抱女儿,他们没有任何别的想法,于是他们决定拿出奖金的一小部分,让许森在大获异彩的彩票领域乘胜追击,其余部分坚定地用在初衷上。

现在，车上的另外两位知道了波托菲诺纯水岸的故事。它具备黑天鹅事件的前两个要素：意外和影响重大。却不具备第三个要素：找不出它发生的理由，让人无法解释和预测。也许因为这个原因，在文小青讲述那个不可思议的故事时，倪秋鸿有两次想回过头去，盯住许森的眼睛，一字一句地问他，是什么促使他胆敢重操旧业，回到一塌糊涂并且毫无前景的彩票专业上去？哦不，他应该问许森，他是不是利用自己为他操刀的大数定律硕士论文重新穿越回上辈子，再次出生在洛阳城一个底层手艺人家里？这家人的祖先在1912年到1949年期间卖过浆面条、炸过小油馍、卤过酱牛肉，甚至短暂卖过鸦片膏，最终在西关街盘下两堵山墙，开了一家名叫"万佛祥云"的剃头铺子，又经历过70年，作为许氏家族的单传独子，他继承下它，因而完成了奇迹的第一个环节？

杭思嘉摇了摇头，像是要把一大早在美发厅花大价钱打理的小卷发弄糟糕，然后她缄默了。倪秋鸿猜杭思嘉绝对不会把闺密带到家里去。她下了多大的决心才决定在家里请闺密夫妇吃一顿自己亲手做的饭。可怜她整整收拾了两个周末，特意把简易电脑桌收掉，腾出狭窄的客厅空间，从网上订购了正规餐桌和成套餐具，换了窗帘，收起鞋套，新添了皮拖鞋。这样她还觉得不够，逼着倪秋鸿把墙上的全家福照片取下来，换上他从学生家长那儿讨来的九成是仿品的名人字画。

"对了,"后座上的人意识到车里的气氛,事情是明摆着,但人心如此,谁遇到这种沧海桑田的巨变,都很难忍住合理的实证愿望,"下午你们要是有时间,能不能陪我们去纯水岸看看?我们想早点看到房子,谁知道会怎么样,现在谁还不吹点牛?"

前座两位,谁都没有回复后座的话。

要发生的事情终于发生了,整件事情就像病毒一样突然出现变异,情况远远超出了倪秋鸿的预料,可他却没来由地松了口气。是的,闺密俩被分割在两个世界里,没有什么可竞争的了。好吧,好吧,事情就是这样,它也该结束了。至于杭思嘉,她不是头一次被生活伤害,她平均每天要为20位生殖系统疾病患者看病,为另外20位患者做影像学或介入方法或穿刺术诊断,接生4个婴儿,其中一个是剖宫产,20年,算一算那是多少次伤害?可他能说什么?他们的4个老人出生在20世纪40年代,都老了,至少两个眼下就得接到身边来照料;他们的孩子也长大了,眼见要回国发展,需要自己的空间;土拨鼠洞穴似的一居室装不下5个人,这是现实。他概论学考的是优,模型学考的是优,接下来,消费者行为学、社会心理学、营销管理学、定价与促销管理学、品牌管理学和渠道管理学一律优加。遗憾的是,彩票专业不教授运气,也不考时代变现,深圳人对彩票不感兴趣,他们感兴趣的是高新科技和风投,于是他只能转行做教师。他们没有赶上1998年的楼市黄金期,错过了2003年和2008年的买房潮,那以后是2015年,列车提速,呼啸而去,没有任何一个站台属于他们,他们再也没有赶上这个一日千里的时代。

问题在于,不是文小青向她最好的闺密隐瞒了在市中心买下豪宅这件事,杭思嘉也一样,她也没有告诉最好的闺密,自己已经决定离开深圳。

是的,杭思嘉和倪秋鸿讨论了两年,在漫长的两年时间里,这几乎成了他们事业之外唯一的家庭议事内容。他们讨论了"洛阳亲友如相问,一片冰心在玉壶",讨论了"若问古今兴废事,请君只看洛阳城",他们精疲力竭了,最终决定"白日放歌须纵酒,青春做伴好还乡",回到洛阳去,找一份适合的工作,带老人逛逛国花园,去关林庙抽个签,下班后顺便去菜场买条活伊鲂,为老人做一道既营养丰富又易于消化的清蒸鲂鱼,岁月如年,送他们一个个归山。罗湖的一居室留给语焉,他们打拼了半辈子,她还要在这座城市里继续打拼,不能让她从零开始——如果她不嫁给某个科企二代或者公务二代,根本不可能在这座城市里安放下自己的床。

谁规定了一个人活一辈子,一定要为一座有着2300万人的城市那些没法憋住的产妇接生,再把那些急匆匆长大的孩子培养成适合送到国外去深造的好学生?

没错,这件事情,杭思嘉也瞒住了文小青。

但倪秋鸿不能让车里的空气就这么沉寂着,他得说话,谁让他是家庭接待办主任?

"晚上我带你们去看看灯光秀吧。"倪秋鸿开口说,他没有提下午看房的事,那是他们的物业,他们想去随时都可以,他会送他们去他们愿意去的任何地方,"我带你们去市民中心,那是最佳观看地点。"

倪秋鸿是回过头去,一脸真诚对后座两个人说的。那会儿,车正在等待过福田收费站,停下来没动,他能确保车上所有人的安全。

倪秋鸿说灯光秀的话是认真的。那是世界上最了不起的灯光秀,用了150多万套灯源、功率最大的民用激光、阵容最大的无人机队、最强大的设计师团队,它表现了这座城市无与伦比的创造力和永不停歇的脚步。他带杭思嘉去看过一次。杭思嘉不想去,她睡眠不够,想睡觉。倪秋鸿平时一直依妻子,那次没有依。他们被灯光秀表达出的和谐之境和创新之意感动得热泪盈眶,完全说不出话来。他们一直深深地热爱着这座接纳和消化掉自己青春的山海之城,舍不得离开它,他们会永远怀念它。

当然,这些话倪秋鸿没有对文小青夫妻说,是在心里对自己说的。

那以后，他们没有再说话。

车中4个人，谁都没有再开口。

别克JI8驶进北环大道的车流中。倪秋鸿扭头看了一眼身边的杭思嘉。她一直平静地坐在他身边，好像魂已经从车里失踪了。她脸上有不少细细的皱纹，因为刚才那一下脑袋晃得太厉害，精心打理过的短卷发中露出两截白发。倪秋鸿心里涌出对妻子深深的疼怜。在一座一日千里的城市行驶，每个心里有数的公民都不会因为自己减速而挡住了后面想要提速车辆的道路，不然他会把车拐到路边停下，解开安全带，欠身过去，拥抱住他心力交瘁的妻子，告诉她："没关系，没关系，我们还不老，我们可以从头再来。"

2021年1月7日

于深圳听山室